Par un soir de pleine lune

J'AI LU

R.L. STINE

R. L. Stine est né en 1943, à Bexley, dans la banlieue de Columbus, Ohio. Fils aîné d'une famille modeste, il découvre une vieille machine dans son grenier et décide d'écrire son premier recueil d'histoires drôles. Diplômé de l'université d'Ohio, il part en 1967 pour New York dans l'espoir de s'y voir consacrer écrivain. Il sera d'abord rédacteur en chef du magazine humoristique pour enfants Bananas. *Un an plus tard, il y rencontre sa femme, Jane, avec qui il aura un fils, Matt.*

Il décide alors de se lancer dans un genre nouveau : les livres d'épouvante pour les jeunes. Il connaît un énorme succès et chacun de ses livres est un best-seller. Quand on lui demande d'où lui viennent ses idées, il répond s'inspirer du mode de vie et du langage de son fils, auxquels il mêle les frayeurs du petit garçon qu'il était. Il vit depuis plus de vingt ans à Manhattan où il écrit tous les jours dans son appartement près de Central Park.

R.L. Stine

Par un soir de pleine lune

Traduit de l'américain
par Patricia Ranvoisé

Éditions J'ai lu

Titre original :
FEAR STREET™ – BAD MOONLIGHT
This edition published by arrangement with the original publisher, Pocket Books, a division of Simon & Schuster Inc., New York

PROLOGUE

La lune scintillait faiblement dans la vitre du supermarché, pâle reflet du demi-cercle qui illuminait la nuit. La porte automatique s'ouvrit en grinçant. Danielle Vérona pénétra dans la lumière crue des néons.

Parcourue d'un petit frisson, elle frotta ses bras nus. Ils avaient encore réglé la climatisation au maximum ! Avec sa chemise à manches courtes, son short et ses sandales, elle avait intérêt à ne pas traîner dans le rayon des produits frais.

Elle aperçut son reflet dans une vitrine. Ses yeux sombres en amande la fixaient. Elle rejeta ses cheveux châtains en arrière en grimaçant. Comme elle était maigre ! Avec son corps longiligne et sans formes, elle paraissait douze ans plutôt que dix-huit...

Une douleur vive dans le dos la tira brusquement de sa contemplation.

— Cliff, arrête ! s'écria-t-elle en se retournant avec colère.

Son petit frère lui sourit. Depuis quelques semaines, son jeu favori consistait à foncer sur les gens tête la première.

— Ça ne m'amuse pas du tout, poursuivit Danielle. Je vais être couverte de bleus à cause de toi.

— Chochotte ! Je t'ai à peine touchée, répliqua le garçon.

— Laisse ta sœur tranquille, intervint tante Margaret en poussant son Caddie vers eux. Elle est encore fatiguée de son voyage et n'a pas besoin que tu l'embêtes.

— Si, elle en a besoin, insista Cliff sans cesser de sourire.

A dix ans, il ressemblait déjà énormément à son père avec son visage rebondi parsemé de taches de rousseur et ses cheveux blonds coupés en brosse.

— Tiens, occupe-toi du Caddie, fit sa tante d'un ton sec. Je me demande pourquoi je tombe toujours sur ceux qui roulent de travers...

Sans se faire prier, Cliff s'exécuta et, prenant son élan, se précipita dans l'allée comme un fou.

— Cliff, attention ! cria tante Margaret.

Avec un haussement d'épaules résigné, elle ajouta à l'adresse de Danielle :

— Il est tellement content de te retrouver !

La jeune fille leva les yeux au ciel.

— J'aimerais bien qu'il me le montre autrement.

Elles regardèrent le Caddie disparaître au bout de l'allée, puis réapparaître dans la suivante en grinçant.

— Tu lui as manqué pendant ces deux semaines, reprit tante Margaret. En tout cas, je suis ravie que ça marche bien pour toi, ma chérie.

Petite mais robuste, elle avait des traits anguleux et un nez en bec d'aigle, que durcissaient encore son regard bleu acier et le rouge vermillon dont elle couvrait ses lèvres minces.

A la mort des parents de Danielle, presque trois ans auparavant, elle avait déménagé pour s'occuper des deux enfants. La jeune fille, qui ne l'avait pas vue depuis des années, s'était tout d'abord méfiée d'elle. Puis, très vite, elle avait trouvé en sa tante une seconde mère pleine de compréhension et de tendresse.

Tante Margaret posa une main sur son épaule.

— Mais tu es glacée ! s'étonna-t-elle.

— Évidemment, on se croirait sur la banquise ici, répondit Danielle.

Cliff les rejoignit, et ils s'avancèrent entre les rangées de fruits et de légumes. Au bout de l'allée, un homme avec un tablier blanc vaporisait de l'eau sur les laitues pour les faire briller.

— Vous avez trouvé un nom pour votre groupe ? s'enquit tante Margaret en mettant un sac de carottes dans le Caddie.

— Beurk ! Des carottes ! grimaça Cliff.

— Pas encore, répondit Danielle. Caroline avait pensé aux Fondus de musique. Ça nous plaisait bien, mais Billy a trouvé ça un peu trop négatif.

— Billy est le leader du groupe ? demanda tante Margaret sans lever les yeux des pommes de terre qu'elle choisissait une à une.

— Ton groupe pue ! commenta Cliff avec mépris. Dis, tu m'achètes des bonbons, ajouta-t-il en tirant sur la manche de sa tante.

— Non, répondit machinalement celle-ci.

Puis, se ravisant, elle posa son paquet de pommes de terre dans le Caddie, et soupira :

— D'accord, va les chercher. Laisse le Caddie ici. Je m'en occupe.

— Waouh ! Super !

La seconde d'après, Cliff s'élançait vers le rayon confiseries.

— Quel numéro ! fit tante Margaret en le suivant des yeux, un sourire aux lèvres.

Son sourire s'effaça lorsqu'elle se retourna vers sa nièce.

— Tu as l'air fatiguée.

Danielle acquiesça d'un signe de tête.

— Deux semaines sur les routes à jouer chaque soir dans une boîte différente, c'est crevant, reconnut-elle.

— En tout cas, je suis contente que tu aies pris cette décision, remarqua sa tante. Cette année de détente avant d'entrer à l'université te fera le plus grand bien. Tu ne regrettes pas ton choix, au moins ?

— Tu plaisantes ? Je trouve cette vie géniale. Et j'adore Caroline. Je crois qu'on va devenir de vraies amies.

— Caroline, c'est celle qui est au piano ?

— Au synthétiseur, corrigea Danielle. Elle chante également dans les chœurs... Ça m'a bien plu de rencontrer des gens nouveaux chaque soir. Le groupe a un bon public, tu sais. Mais il y a une chose qui m'a vraiment manqué, ajouta-t-elle avec un sourire malicieux : ta cuisine... Un hamburger gras de plus et je devenais végétarienne à vie !

Tante Margaret s'esclaffa. Elle avait un rire bref et sec qui ressemblait à un toussotement.

— J'ai compris, dit-elle. Ce soir, c'est toi qui choisis le menu. Alors, qu'est-ce qui te ferait plaisir ?

— Mmm... Qu'est-ce qui me ferait plaisir... ? répéta Danielle en réfléchissant.

Un sourire illumina ses traits.

— Ton poulet ! Tu sais, celui avec de l'ananas. A la chinoise ou quelque chose comme ça.

— Adjugé, répondit sa tante.

— Et de la purée. J'ai tellement rêvé de ta purée !

Tante Margaret secoua la tête d'un air ébahi.

— Toi, au moins, tu es facile à contenter, remarqua-t-elle. Mais, chose promise, chose due. Tu auras ta purée.

Elle s'engagea dans l'allée en se battant avec le Caddie qui refusait d'avancer droit.

Danielle frissonna. Décidément, on gelait dans ce rayon. Pourquoi poussaient-ils la climatisation à fond ? Est-ce que les gens achetaient plus lorsqu'ils étaient morts de froid ?

Elle bifurqua dans l'allée sur sa droite, à la recherche de Cliff. Les néons enveloppaient les denrées et les gens d'une lumière violente désagréable. Elle cligna des yeux, gênée par cet éclat cru. Était-ce une impression ou l'air était-il de plus en plus glacé ? Elle grelottait.

— Danielle ! Qu'est-ce que tu fais ?

Le cri de Cliff la sortit brutalement de ses pensées.

— Hein ?

Elle baissa les yeux sur le paquet éventré dans sa main.

Un paquet de viande rouge.

Son autre main serrait un morceau sanguinolent.

Elle avait la bouche pleine. Elle avala la viande crue qu'elle était en train de mâcher, la sentit glisser dans sa gorge, froide et visqueuse.

— Danielle, pourquoi tu manges ça ? demanda son frère, mi-effrayé, mi-dégoûté. Ça ne va pas ?

— Je... je ne sais pas, bredouilla la jeune fille.

Un filet de sang coulait le long de son menton.

PREMIÈRE PARTIE

1

L'accident

— Joey, s'il te plaît, ralentis, supplia Danielle.

Le van rebondit sur un nid-de-poule. Les instruments de musique s'entrechoquèrent bruyamment sur le toit.

— Je ralentirai si tu viens t'asseoir sur mes genoux, répondit Joey en lui adressant un clin d'œil dans le rétroviseur.

— Tu peux toujours courir ! répliqua-t-elle. Et arrête de faire l'idiot. Tu seras moins fier quand on se retrouvera dans le fossé.

Joey éclata de rire et appuya à fond sur l'accélérateur. Le moteur hurla et le van bondit en avant, plaquant Danielle contre le dossier de son siège.

— Joey ! hurla-t-elle.

Mais à quoi bon ? De toute façon, Joey ne l'écouterait pas. Il trouvait très malin de conduire comme un fou !

La tête renversée en arrière, ses éternelles lunettes de soleil sur le nez, il poussa une sorte de long hululement.

Assise sur la banquette centrale, entre Caroline et Mary Beth, Danielle poussa un soupir.

— Je renonce, dit-elle. Il est trop bête.

— Hé, les filles ! Vous devez être serrées derrière, cria Joey pour couvrir le bruit du vent qui pénétrait par sa vitre ouverte. Laquelle vient s'asseoir sur mes genoux ?

Lâchant le volant en plein milieu d'un virage, il se tapota la cuisse.

Les trois filles l'ignorèrent.

Comme d'habitude.

Les phares d'un camion qui venait en face les aveugla. Danielle se protégea les yeux d'une main, et se cogna contre Caroline quand le van fit un brusque écart à droite.

— Hé ! Fais attention ! s'écria Caroline.

Contrariée, elle se pencha en avant pour tirer les cheveux de Joey.

— Mmm... J'aime quand tu me caresses les cheveux, Caroline, plaisanta celui-ci. Tu peux m'embrasser aussi, si tu veux. Je sais que tu en meurs d'envie.

La jeune fille lui lâcha immédiatement les cheveux.

— Bien sûr, fit-elle, sarcastique. Dommage que j'aie pour principe de ne jamais embrasser les animaux.

Danielle et Mary Beth pouffèrent de rire.

Affalés sur la banquette arrière, Billy et Frank dormaient. Leurs têtes se cognèrent quand Joey frôla d'un peu trop près le bas-côté, mais le choc ne suffit pas à les réveiller.

Danielle se tourna vers eux.

A vingt-deux ans, Billy Dark était le plus âgé du groupe et son meneur. Frank Kragen, de deux ans son cadet, s'occupait du matériel. Il était tellement beau qu'il plaisait encore plus aux filles que les musiciens de la bande !

— J'ai pensé à plusieurs noms pour notre groupe, commença Caroline.

— C'est ce qu'on fait tous, coupa Mary Beth. Y penser. Mais il serait peut-être temps de se décider.

C'était une jolie fille, assez petite, avec des cheveux roux très courts et un regard vert intense. Elle prenait la vie très au sérieux, même quand elle était derrière sa batterie.

— Justement. Je propose qu'on s'appelle les Beatles et qu'on n'en parle plus, plaisanta Caroline.

Danielle sourit.

— Il n'y a pas eu un groupe qui portait ce nom ?

— Si. Et ils s'en sont très bien sortis. Peut-être que ce nom nous portera chance à nous aussi.

— Vous ne pouvez pas être sérieuses de temps en temps ? demanda Sue Waters, à côté du chauffeur.

Elle tourna vers elles son visage au teint sombre encadré de dreadlocks brunes. Elle portait de longues boucles d'oreilles en ambre assorties à la couleur de ses yeux.

Sue était restée si longtemps silencieuse que Danielle l'avait presque oubliée. Caroline, Mary Beth et elle n'avaient pratiquement pas cessé de discuter durant tout le voyage, mais Sue n'avait jamais participé, se contentant de regarder par la vitre.

Soudain mal à l'aise, Danielle se souvint de sa première rencontre avec le groupe. Ils cherchaient une nouvelle chanteuse et elle les avait retrouvés dans le garage des parents de Caroline pour une audition. Elle était horriblement anxieuse ! Bien sûr, elle savait qu'elle avait une belle voix et un certain talent de parolière. Mais, cela suffirait-il pour qu'ils l'acceptent ?

Ils l'avaient accueillie avec chaleur. Billy particulièrement, qui avait agrémenté les présentations de chaque membre du groupe d'une petite plaisanterie.

— Méfie-toi de lui, avait-il déclaré à propos de Frank. Il mord.

Les mains de Danielle tremblaient quand elle avait ouvert l'étui de sa guitare.

— Allez, tout le monde avec Danielle! s'était exclamé Billy en s'asseyant avec les autres pour l'écouter. Nous avons peut-être une future star devant nous.

Des dizaines de câbles reliés à des amplificateurs couvraient le sol du garage. Joey, le régisseur son, brancha l'un d'eux à la guitare de Danielle et, de son pouce dressé, lui signala qu'elle pouvait commencer.

Tous les autres lui souriaient, chaleureux et encourageants.

Tous sauf Sue.

Adossée contre le mur, la jeune fille brune la fixait d'un air dur, les bras croisés sur la poitrine.

A la fin de la première chanson, quand ses amis avaient applaudi à tout rompre, elle n'avait pas fait un geste.

Après la deuxième chanson, Danielle était sortie pour les laisser délibérer. Moins d'une minute s'était écoulée avant que Billy fasse son apparition, un sourire rayonnant aux lèvres.

— Bienvenue au club! s'était-il exclamé en se précipitant vers elle.

Dans son enthousiasme, il l'avait serrée dans ses bras.

— A partir d'aujourd'hui, tu chantes avec Sue. Et tu dois absolument nous apprendre ta deuxième chanson. Elle est géniale!

Ç'aurait été le plus beau jour de sa vie, si Sue ne s'était empressée de le gâcher.

Elle s'était approchée d'elle au moment où elle regagnait sa voiture et avait murmuré d'une voix glaciale :

— Tu ne feras jamais partie du groupe.

Sur ces mots, elle était repartie vers le garage sans se retourner.

Depuis ce jour, Danielle avait tout fait pour gagner sa sympathie.

En vain, Sue restait désespérément froide et distante.

— Je me demande pourquoi je reste dans ce groupe, remarqua soudain Sue en se tournant vers la banquette arrière. Un groupe qui n'a même pas de nom. C'est vraiment pitoyable.

— Tu restes parce que tu es folle de moi, plaisanta Joey.

Il lâcha le volant pour glisser un bras autour de ses épaules.

— Allez, reconnais-le pour une fois.

— Je te conseille de retirer ce bras si tu ne veux pas être obligé de conduire le reste de ta vie de la main gauche, répliqua-t-elle, faussement menaçante.

— Oh ! tu es tellement belle quand tu es en colère ! ironisa Joey.

Sue leva les yeux au ciel en soupirant.

Joey remit sa main sur le volant, mais tourna la tête vers Danielle, Caroline et Mary Beth pour déclarer d'un air inspiré :

— Je sais comment on devrait appeler le groupe...

— Joey, s'il te plaît, regarde la route ! s'écria Danielle. Il y a un ravin sur ta droite.

— Les groupies de Joey !

Content de lui, Joey éclata de rire... avant de se retourner vivement en sentant le van déraper.

Danielle hurla.

Joey écrasa le frein. Les pneus crissèrent sur les graviers.

Trop tard.

Le camion percuta le rail de sécurité dans un bruit de métal broyé.

Danielle cria de nouveau quand le camion bascula dans le vide.

2

Qu'est-ce qui m'arrive ?

Le van plongea à toute allure vers le bas de la falaise.

Les rochers déchiquetés étincelaient comme des lames de couteau sous la clarté lunaire.

Danielle fut éjectée de son siège. Elle poussa un hurlement en voyant le pare-brise se rapprocher, et, derrière lui, la roche hérissée de pointes menaçantes.

Il y eut un fracas assourdissant. Les vitres volèrent en éclats, s'éparpillèrent en milliers de morceaux coupants dans l'habitacle.

— On va tous mourir !

— Danielle !

— Non ! cria la jeune fille, la tête enfouie dans les bras.

Le van continuait à rebondir sur les rochers, ballotté comme un jouet.

Les yeux clos, Danielle attendait le choc final. Fatal.

Elle ne sentit qu'une main sur son épaule. Une main rassurante qui la secoua doucement.

— Danielle !

La voix de Caroline.

Lentement, Danielle se redressa. Son amie la contemplait d'un air soucieux sous la lumière jaune du plafonnier.

— Danielle, tout va bien, murmura-t-elle. Tout va bien.

— Mais, le ravin... commença Danielle.

Elle s'arrêta en percevant le frottement régulier des roues du van sur le bitume. Elle tourna les yeux vers le pare-brise. Il était intact.

Ils n'avaient pas basculé dans le ravin. L'accident qu'elle venait de vivre n'avait jamais eu lieu. Ce n'était que le produit de son imagination.

Elle inspira profondément. Son cœur battait toujours la chamade.

— Que t'est-il arrivé ? demanda Caroline. Qu'est-ce qui ne va pas ?

— Le van... Il... J'ai cru qu'il tombait dans le ravin. Juste après le cri de Joey. On a heurté le rail de sécurité, puis on a basculé dans le vide. Le pare-brise a éclaté en morceaux... J'ai tout vu, tout senti !

— Pas étonnant que tu aies poussé un tel cri, commenta Mary Beth.

Danielle prit une nouvelle inspiration et regarda autour d'elle. Billy et Frank étaient réveillés et la dévisageaient. Sue aussi l'examinait, les sourcils froncés.

Danielle se détourna et rencontra le regard de Joey dans le rétroviseur. Celui-ci lui sourit, légèrement honteux.

— Désolé, Danny, s'excusa-t-il. Je n'avais pas l'intention de te faire peur.

— Tu peux être désolé, lança Sue. Vu ta façon de conduire, il n'y aurait rien d'étonnant à ce qu'on finisse vraiment dans le ravin!

Joey haussa les épaules.

— Eh! je me suis excusé, fit-il, agacé. De toute façon, ce n'est pas ma faute, regardez la lune.

Avec un petit ricanement, il désigna l'astre blafard de l'autre côté de la vitre.

— Elle est presque pleine. Et je me sens toujours un peu dingue les nuits de pleine lune.

Danielle leva les yeux vers le ciel et frissonna. Comme la lune paraissait froide! Froide et blanche comme de la glace.

Derrière elle, Billy rit doucement.

— Tu n'as pas besoin de la lune pour être cinglé, lança-t-il à l'adresse de Joey.

— Sûr, approuva Sue.

Joey ricana de nouveau... et accéléra.

— Ça va, Danielle? s'inquiéta Billy.

La jeune fille se tourna vers lui. Il l'interrogea de nouveau de son regard bleu azur, une ride soucieuse sur le front. Il était vraiment adorable. Et super mignon en plus, avec son corps d'athlète, ses cheveux blond cendré et les fossettes qui creusaient ses joues quand il souriait...

A côté de lui, ses yeux délavés encore plus clairs dans la demi-pénombre, Frank semblait inquiet lui aussi.

— Ça va mieux, dit Danielle. Désolée de vous avoir réveillés.

— Ne t'inquiète pas pour ça, répondit Billy avec un

haussement d'épaules. Je préfère un cri à la sonnerie d'un réveil. Et puis, on ne serait pas un vrai groupe de rock si on n'était pas un peu dingues de temps en temps.

— Eh ! On pourrait s'appeler comme ça, intervint Caroline. Les Dingos. Ça sonne pas mal, non ?

Mary Beth secoua la tête avec énergie.

— J'aime pas du tout.

Caroline s'esclaffa.

— C'était de l'humour, Mary Beth.

— Et, Les Sans Nom ? proposa Joey, visiblement ravi de sa trouvaille. Ça vous dirait ?

— S'il te plaît, Joey, conduis et tais-toi, soupira Billy.

Il se pencha vers Danielle pour ajouter, à peine plus bas :

— Fais pas attention à Joey. On l'a choisi pour ses muscles, pas pour son cerveau.

— Tu me paieras ça, vieux, rétorqua Joey, faussement vexé.

Danielle sourit, consciente de leurs efforts pour la distraire.

Elle se sentait déjà un peu mieux... Même si l'idée qu'elle puisse encore être victime de son imagination continuait à la terroriser.

Elle ferma les yeux et s'enfonça dans son siège.

— Ça va mieux ? demanda Caroline à son oreille.

— Un peu. Si seulement je comprenais ce qui m'arrive ! Pourquoi est-ce que j'ai ces horribles hallucinations ?

— Tu peux remercier Joey pour celle-là, répondit son amie en coinçant une de ses mèches blondes derrière son oreille. Il conduisait comme un fou. On sait tous combien tu es inquiète sur la route. Et c'est normal... Je veux dire, après ce qui est arrivé à tes parents.

Comme chaque fois qu'elle pensait à son père et à sa mère, une boule douloureuse se forma dans la gorge de Danielle.

Il y avait maintenant presque trois ans que M. et Mme Vérona étaient tombés d'une falaise alors qu'ils rentraient chez eux en voiture après un congrès. L'accident s'était produit par une nuit semblable à celle-ci. Une nuit de pleine lune.

Mais ce n'était pas une illusion.

Ses parents étaient vraiment morts.

Ils avaient tous deux été éjectés de la voiture et déchiquetés par les rochers.

Danielle secoua la tête. Non, ça ne s'était pas passé ainsi. Tante Margaret ne lui avait jamais dit qu'ils avaient été déchiquetés. D'ailleurs, elle ne lui avait jamais donné de détails. C'était elle qui les imaginait.

Et elle imaginait le pire.

— Je n'arrive toujours pas à y croire, murmura-t-elle à Caroline. Papa avait l'habitude de conduire la nuit. Et il était très prudent. A tel point que maman disait qu'on devrait lui décerner la médaille du conducteur le plus respectueux des limitations de vitesse.

Ce simple souvenir lui fit monter les larmes aux yeux. Caroline lui serra doucement le bras.

— Tes hallucinations ont commencé après l'accident, je suppose.

Danielle hocha la tête. Ses fantasmes ressemblaient à des cauchemars. A la différence près qu'elle était totalement éveillée lorsqu'ils se produisaient...

— Tu en as parlé au Dr. Moore ? reprit son amie.

— Celui-là, je me demande de quoi je ne lui ai pas parlé ! soupira-t-elle.

Elle avait commencé à consulter le Dr. Moore juste après l'accident. Le psychiatre l'aidait à rechercher l'origine de ses hallucinations.

— Le jour où nous découvrirons leur cause, elles cesseront, avait-il affirmé.

Danielle espérait qu'il disait vrai.

Et que ce jour arriverait bientôt...

En attendant, les visions se faisaient de plus en plus réelles et terrifiantes.

— Je suis sûre qu'il t'aidera, affirma Caroline. Il faut que tu continues à le voir régulièrement.

— Oh ! ne t'inquiète pas ! répondit Danielle. Je n'ai pas l'intention d'arrêter. Il pose trop de questions à mon goût, mais je suppose que c'est son boulot. Et puis, il sent bien les choses. C'est lui qui m'a conseillé de jouer dans un groupe. Il pensait que ça m'aiderait. Et il ne s'est pas trompé. Sans vous, je crois, j'aurais fini par disjoncter.

Caroline sourit.

— Les Disjonctés ? Ce serait pas mal comme nom, ça.

— Eh, pourquoi pas ? répondit Danielle en souriant à son tour.

Quelques minutes plus tard, Joey garait le van sur le parking de l'hôtel.

— Terminus ! annonça-t-il. Le grand hôtel Midland ! Et de l'autre côté de la rue, le Rocket Club. Avec, en *live* ce soir, le célèbre groupe Les Sans Nom. Préparez-vous à vibrer, les potes ! Ça va déménager !

Avec force bâillements et étirements, les membres du groupe s'extirpèrent du camion.

Danielle suivit Caroline. A demi dissimulée par les nuages, la lune baignait la rue d'un éclat blafard.

Le sourire de Danielle s'évanouit. Elle boutonna sa veste, soudain grelottante.

Elle se sentait bizarre.

Son corps était secoué de frissons, comme si un courant froid la traversait de part en part.

Elle se tourna vers Caroline qui la fixait, ses grands yeux bleus écarquillés de surprise.

« Ça se voit. Caroline le voit ! » songea Danielle, horrifiée.

Un nouveau frisson glacé la parcourut.

— Caroline ! cria-t-elle. Que se passe-t-il ? Qu'est-ce qui m'arrive ?

3

Tu le regretteras !

— Qu'est-ce que c'est ? Dis-le-moi ! implora Danielle d'une voix hystérique.

Caroline leva les yeux.

— Tes cheveux, dit-elle. Ils sont dressés sur ta tête.

— Dressés ?

Danielle porta les mains à sa tête.

Habituellement, ses cheveux châtains coupés court retombaient en une sorte de casque lisse autour de son visage.

Mais pas ce soir.

Ce soir, ils étaient hérissés sur sa tête, comme attirés par un aimant puissant. Et ils n'étaient plus fins et soyeux, mais rêches et épais.

— Ce... c'est sûrement le vent, bredouilla Caroline, incapable de détacher son regard du curieux phénomène.

Ses propres cheveux, longs et blonds, demeuraient immobiles sur ses épaules.

— Il n'y a pas de vent ! cria Danielle.

En désespoir de cause, elle se mit à tirer sur ses cheveux, tentant de les aplatir à nouveau sur son crâne.

— Je n'y arrive pas ! se plaignit-elle, affolée. Mais que se passe-t-il ?

— Pas de panique, Danielle, calme-toi, l'exhorta son amie. Ce n'est pas dramatique. Il doit s'agir d'un phénomène électrique ou quelque chose comme ça. Un truc plutôt amusant.

Amusant ? Non, Danielle trouvait ça beaucoup trop étrange pour être amusant. Elle eut une moue sceptique.

— Viens, rentrons dans l'hôtel, la pressa Caroline en lui tendant son sac à dos. Je suis sûre que ça s'arrangera une fois à l'intérieur.

Il suffisait de pénétrer dans le vestibule où trônaient trois chaises autour d'une table basse abîmée et d'une plante en plastique pour comprendre que l'hôtel Midland n'avait rien de luxueux.

Mais, bon, il était propre. Et chaud... au grand soulagement de Danielle qui cessa de frissonner. Immédiatement, ses cheveux retombèrent autour de son visage. L'étrange phénomène avait cessé en même temps que le froid.

La jeune fille prit une profonde inspiration et se détendit légèrement.

— On se croirait dans un sauna, là-dedans, se plaignit Sue en laissant tomber son sac sur le sol. J'espère qu'il y a la clim dans les chambres.

Une tête chauve et mal rasée surgit de derrière le comptoir de l'accueil.

— Il fallait descendre au Hilton si vous vouliez la climatisation, bougonna le réceptionniste, visiblement mal réveillé.

Sue se renfrogna, mais Caroline rit de bon cœur.

— Ce qu'on veut, c'est un hôtel propre et pas cher, répondit-elle. Pour le reste, on verra une fois célèbres.

Son interlocuteur la dévisagea, dubitatif.

— Ah! c'est vous le groupe de musique, fit-il. Et vous croyez vraiment que vous allez devenir célèbres?

— Certainement, répliqua Mary Beth le plus sérieusement du monde. Vous n'avez qu'à lire les journaux.

— Arrête, chuchota Sue à son oreille. S'il nous demande quel nom il doit chercher, on est mal.

— O.K. les filles, interrompit Billy en faisant irruption dans le hall, Frank, Joey et moi allons voir comment ça se passe au club. Je propose que vous vous installiez tranquillement et que vous nous rejoigniez quand vous serez prêtes.

— Bonne idée, répondit Sue. Avec un peu de chance, le club sera climatisé.

Caroline échangea un regard avec Danielle.

— Du Sue tout craché, remarqua-t-elle à voix basse. Toujours en train de se plaindre.

Danielle grimaça un sourire. Elle ne partageait pas sa chambre avec Sue, c'était déjà ça! Étant donné l'affection que lui portait celle-ci, elle aurait risqué de ne jamais se réveiller !

La chambre ressemblait au vestibule. Petite, vétuste et sombre, mais propre et chaude.

— Les matelas ne sont pas défoncés ! annonça joyeusement Caroline après s'être laissée tomber sur l'un des lits jumeaux. Tu te souviens du dernier hôtel où on s'est arrêtés ?

Danielle acquiesça :

— J'ai eu l'impression de passer la nuit sur un billard. Avec les boules !

— La chance est peut-être en train de tourner, fit son amie en se relevant d'un bond.

Elle posa son sac sur son lit.

— Dépêchons-nous, poursuivit-elle. J'ai hâte de voir à quoi ressemble le Rocket Club.

Après avoir rapidement rangé leurs affaires, les deux filles redescendirent dans le hall, où Mary Beth et Sue les attendaient déjà.

Caroline et Mary Beth se dirigèrent vers la porte. Danielle s'apprêtait à les suivre quand Sue la retint par le bras.

— Il faut que je te parle, murmura-t-elle.

Danielle grimaça en sentant ses ongles s'enfoncer dans sa chair.

— Eh ! tu me fais mal. Lâche-moi !

Loin de l'écouter, Sue serra un peu plus fort.

— Tu dois quitter le groupe, chuchota-t-elle, son visage menaçant à quelques centimètres de celui de Danielle. Ou tu le regretteras.

4

Premier baiser

— Qu'est-ce que tu veux dire ? demanda Danielle.

Les yeux dorés de Sue se réduisaient à deux fentes. Elle ouvrit la bouche pour répondre, mais Caroline l'en empêcha en criant par-dessus son épaule :

— Qu'est-ce que vous attendez, les filles ? Grouillez-vous.

— Danielle...

— Lâche-moi un peu, Sue, coupa Danielle d'un ton sec en se dégageant. Je ne sais pas quel est ton problème, mais franchement, j'en ai marre de ton attitude.

Elle mentait. Elle connaissait très bien le problème de Sue : Sue la détestait.

— Qu'est-ce qui se passe ? s'informa Caroline quand Danielle la rejoignit sur le pas de la porte.

— Rien. Juste Sue et sa jalousie, répondit celle-ci.

— Elle n'accepte toujours pas ta présence dans le groupe ?

Danielle haussa les épaules.

— Le mieux est de l'ignorer. Parlons d'autre chose, tu veux bien ?

Dès qu'elle fut dans la rue, Danielle se remit à frissonner. Elle accéléra le pas, pressée de rentrer à l'intérieur du Rocket Club.

Comme convenu, Billy les attendait dans la salle.

— C'est génial ici ! cria-t-il par-dessus la musique qui s'échappait du juke-box. La salle peut contenir plus de cent personnes. On n'a jamais joué dans un endroit aussi grand!

Sue lui prit la main.

— Tu viens danser? proposa-t-elle en l'entraînant vers la piste noire de monde.

Caroline et Mary Beth se dirigèrent vers le bar.

Danielle demeura en arrière à observer la salle. Les gens riaient, se contorsionnaient dans la lumière violette des néons qui couraient au plafond et sur les murs. Le sol vibrait au rythme des basses.

Un petit frémissement d'anticipation parcourut Danielle à l'idée que, le lendemain, la foule danserait au son de *sa* voix. Un sourire ravi illumina son visage.

— Waouh, quel sourire! s'écria une voix tout près de son oreille.

Elle sursauta tandis que des longs cheveux bruns de Joey lui frôlaient la joue.

— Tu m'as fait une de ces peurs, s'indigna-t-elle en reculant d'un pas.

Joey rit doucement, visiblement satisfait de son effet.

— Pourquoi tu ne me souris jamais comme ça? questionna-t-il.

Danielle ne se sentait pas d'humeur à flirter. Surtout avec Joey.

— Parce que tu conduis trop vite, répliqua-t-elle. Je parie que tu as fait exprès de m'effrayer ce soir.

Joey remonta ses lunettes sur le haut de son crâne et la fixa de ses yeux gris.

— Et si je ralentissais? demanda-t-il.

Danielle leva les yeux au ciel.

Son compagnon se rapprocha.

— Allez, viens danser, proposa-t-il. Je ne suis pas un mauvais type, au fond, tu sais.

— Merci, Joey, mais je suis fatiguée.

— Tu n'avais absolument pas l'air fatiguée il y a une seconde, protesta Joey en glissant négligemment un bras autour des épaules de Danielle.

— Je pensais à demain, expliqua celle-ci. Ça doit être génial de chanter devant une foule pareille.

Joey lui caressa l'épaule du bout des doigts.

— Et que dirais-tu de chanter rien que pour moi ? murmura-t-il. On pourrait monter dans ma chambre.

Danielle soupira et se dégagea d'un geste agacé.

— Laisse tomber, Joey, tu veux ?

Elle se força à bâiller avant de reprendre d'une voix lasse :

— Je suis épuisée. Je crois que je vais retourner à l'hôtel me coucher.

Joey lui attrapa le bras.

— Tu sais quoi ? dit-il avec un demi-sourire. Je crois que tu as peur de moi. Mais tu as tort, Danny. Je t'assure que je ne mords pas. Allez, détends-toi.

Danielle lui lança un regard noir.

— Tu ne me fais pas peur, Joey, corrigea-t-elle. En revanche, tu commences à m'agacer sérieusement.

L'apparition de Billy mit brusquement fin à leur conversation.

— Quelque chose ne va pas ?

— Non, tout va bien, répondit Joey en s'empressant de lâcher le bras de la jeune fille.

— Tant mieux, fit Billy. Dis, Joey, Frank a besoin d'aide à la régie. Un problème de câble, je crois. Tu peux aller voir ?

— O.K., acquiesça Joey sans enthousiasme.

A l'adresse de Danielle, il ajouta :
— N'oublie pas de me réserver une danse quand tu seras moins *épuisée*.
Danielle le regarda s'éloigner avec un soupir de soulagement.
— Il est un peu lourd, hein ? remarqua Billy.
— Un peu ? Tu veux dire, *très* lourd, rectifia-t-elle. Le pire, c'est qu'il se croit irrésistible.
— Je lui dirai deux mots, si tu veux.
— Ce n'est pas la peine. Je suis une grande fille. Je peux me débrouiller seule avec lui.
Et avec Sue ? La question s'était spontanément imposée à Danielle. Elle la repoussa, redoutant la réponse...
Billy hocha la tête.
— S'il t'ennuie encore, préviens-moi. Joey sait qu'il a intérêt à se tenir à carreau avec moi.
— Il n'y a pas que Joey, plaisanta Danielle.
— Allez, assez parlé de lui. Que penses-tu de la boîte ?
— Elle est fantastique ! Justement, avant l'arrivée de Joey, je me demandais quel effet ça ferait de chanter devant tout ce monde.
Les petites fossettes se creusèrent dans les joues de Billy.
— Tu as le trac ?
— Toujours, répondit Danielle. J'ai beau me raisonner, il n'y a rien à faire.
— Tu le caches bien, lui assura-t-il en se penchant vers elle pour se faire entendre. Tu as une présence dingue sur scène, tu sais. Et tu chantes vraiment bien. Le groupe a une sacrée chance de t'avoir.

— Merci. Mais je crois que c'est surtout moi qui ai eu de la chance de tomber sur vous.

Tout en parlant, Danielle parcourait la salle du regard. Soudain elle se figea. Sue les observait depuis l'autre bout de la salle, une lueur mauvaise au fond des yeux.

Quand elle la vit fixer longuement Billy, Danielle se demanda si elle avait un faible pour lui. « Il ne manquerait plus que ça, songea-t-elle. Si elle croit qu'il y a quelque chose entre nous, elle va me haïr deux fois plus. »

— Salut !

Elle sursauta et leva les yeux vers le nouveau venu. Frank Kragen lui souriait.

Elle eut comme une faiblesse au creux de l'estomac. Avec ses yeux bleu transparent, ses cheveux de jais et ses pommettes hautes, Frank était vraiment craquant ! Elle lui rendit son sourire.

— Salut, fit Billy. Alors, tu t'en es sorti avec les amplis ?

Frank hocha la tête.

— J'étais surtout inquiet pour celui de la basse. Il consomme tellement qu'il faisait sauter les plombs chaque fois ! Mais ça marche maintenant. Je vais pouvoir dormir tranquille.

— Tu rentres à l'hôtel ?

— Non, je vais prendre un peu l'air, répondit Frank avant de se tourner vers Danielle : J'ai remarqué un petit parc à deux ou trois pâtés de maisons d'ici. Ça te tenterait de m'accompagner ?

Danielle le regarda, surprise. Jusqu'ici, Frank n'avait jamais fait particulièrement attention à elle. Il était gentil, bien sûr, mais plutôt distant.

— Alors ?

— Bonne idée, s'entendit-elle répondre. Après tous ces kilomètres en voiture, un peu de marche me fera du bien.

Quand Frank lui sourit de nouveau, elle comprit pourquoi toutes les filles hurlaient dès qu'elles l'apercevaient dans les coulisses. Il était absolument irrésistible... et elle non plus ne résistait pas !

Elle se tourna vers Billy qui la dévisageait d'un air perplexe. Il devait trouver qu'elle se comportait comme une groupie !

— A tout à l'heure à l'hôtel, fit Frank.

Sans hésiter, il prit la main de Danielle et l'entraîna à travers la foule.

Près de la sortie, elle aperçut de nouveau Sue. Elle avait les yeux rivés sur Frank. A son expression grave et intense, Danielle comprit qu'elle s'était trompée : Sue ne s'intéressait pas à Billy, mais à Frank. Encore une bonne raison pour jalouser Danielle...

Sue ne les quitta pas des yeux jusqu'à la porte, mais Frank ne sembla pas s'en apercevoir.

Une fois dehors, il garda la main de Danielle dans la sienne.

— Tu as froid ? s'inquiéta-t-il en la sentant frissonner.

— Un peu, répondit-elle en levant les yeux vers le ciel.

Poussés par le vent, les nuages s'étaient dissipés, révélant une lune éclatante.

Frank lâcha la main de Danielle et glissa un bras autour de ses épaules.

— Tu veux passer prendre un sweat ?

La jeune fille secoua la tête. A quoi bon ? Ce n'était pas le vent, le problème, c'était elle.

Ils s'assirent sur un petit banc de pierre entouré d'arbres. Les feuilles brillaient d'un éclat argenté sous la lune.

— C'est beau, remarqua Danielle en tentant de dissimuler son malaise.

— Et silencieux, renchérit Frank avec un petit rire. Parfois, j'en ai tellement marre du bruit que je me demande si je ne me suis pas trompé de job.

Danielle se força à sourire. Que lui arrivait-il ? Elle aurait dû être folle de joie de se retrouver seule avec Frank. Au lieu de cela, elle se sentait bizarre. Et transie.

Elle porta une main à ses cheveux. Ils étaient de nouveau rêches et électriques.

Mais Frank semblait s'en moquer. Son regard bleu plongé dans le sien, il murmura :

— Il y a longtemps que j'attends ce moment, Danielle.

Lentement, il se pencha vers elle, une expression intense sur les traits.

Danielle avait cessé de trembler.

Une troublante tiédeur l'envahit quand Frank s'approcha de sa bouche. Il l'embrassa doucement.

Elle lui rendit son baiser... Pressa ses lèvres sur les siennes... Ferma les yeux pour l'embrasser encore et encore.

Frank poussa un cri de douleur quand ses dents s'enfoncèrent dans sa lèvre inférieure.

5
Morsure

Frank se redressa brusquement et porta une main à sa lèvre ensanglantée.

« Qu'est-ce que j'ai fait ? se demanda Danielle, affolée. Pourquoi ai-je fait une chose pareille ? »

Elle contempla son compagnon avec horreur. Le sang coulait entre ses doigts. Un sang noir et épais sous la lune.

— Danielle ? fit Frank d'une voix rauque. Pourquoi... ?

— Je... je suis désolée. Je ne sais pas ce qui m'a pris, balbutia-t-elle.

Son cœur battait douloureusement dans sa poitrine. Incapable de supporter plus longtemps le regard de Frank, elle bondit sur ses pieds.

— Je suis désolée, répéta-t-elle.

Frank tenta de l'attraper par le poignet, mais elle se dégagea vivement et s'élança vers l'hôtel.

Elle courait comme une folle, un goût amer dans la bouche. Le goût du sang de Frank.

Pourquoi avait-elle agi ainsi ? Pourquoi ? Pourquoi ? se répétait-elle, incrédule.

Et soudain une atroce révélation la cloua sur place : *elle avait aimé ça !*

Elle avait éprouvé du plaisir à mordre Frank de toutes ses forces !

Le réceptionniste leva la tête d'un air surpris quand Danielle pénétra en trombe dans le hall. Elle se précipita vers l'ascenseur en détournant la tête.

Elle s'essuya la bouche du revers de la main, et contempla d'un air atterré les traces rouge sombre sur ses doigts. Le sang de Frank, se répéta-t-elle...

Une fois dans sa chambre, elle s'effondra en pleurs sur son lit.

Caroline sortit de la salle de bains en enfilant son peignoir bleu.

— Danielle ? Que se passe-t-il ? s'écria-t-elle.

Elle s'assit à côté de son amie sur le lit et posa une main réconfortante sur son bras nu.

— Mais, tu es glacée, remarqua-t-elle avec inquiétude. Danielle, qu'y a-t-il ? Pourquoi pleures-tu ?

Danielle leva vers elle son visage baigné de larmes.

— Il faut absolument que je voie le Dr. Moore, hoqueta-t-elle. Je suis en train de devenir folle.

Caroline eut un sourire doux et compatissant.

— Tu as eu une autre hallucination ?

— En quelque sorte, répondit Danielle, trop honteuse pour avouer la vérité.

— Horrible ?

— Oui ! cria Danielle en sanglotant. Pire que d'habitude... Oh ! Caroline, il faut que je voie le Dr. Moore demain. Lui seul peut m'aider.

— Tu le verras, promit son amie. On en parlera à Billy demain. Je suis sûre qu'il ne refusera pas de te laisser partir.

— Et la répétition ?

— On arrête à midi. Ça te laisse largement le temps de faire un aller-retour jusqu'à Shadyside.

Danielle espérait que Caroline ne se trompait pas à propos de Billy. Elle devait *absolument* parler au Dr. Moore !

— Tu trembles de froid, constata Caroline. Écoute,

je m'apprêtais à prendre une douche, mais je crois que tu devrais y aller avant moi. Ça te réchauffera.

Sous le jet brûlant, Danielle continua de frissonner, en repensant à son baiser avec Frank.

Et s'il se passait autre chose avant qu'elle consulte le Dr. Moore ? Quelque chose de pire ?

Elle enfila son peignoir jaune. Dans le miroir, ses yeux sombres semblaient immenses dans son visage livide. Elle se peigna d'une main tremblante.

Quand Caroline prit sa place dans la salle de bains, elle se mit à arpenter la chambre, à bout de nerfs. Son cœur cognait toujours dans sa poitrine.

Son regard tomba sur sa guitare appuyée contre le mur. Jouer l'apaiserait peut-être...

Elle attrapa l'instrument et s'assit sur son lit. La lune brillait de l'autre côté de la fenêtre.

Ses doigts commencèrent à pincer les cordes. Elle s'abandonna à l'inspiration, puis se mit à fredonner en regardant l'astre froid. Les notes semblaient venir d'elles-mêmes. Puis des paroles résonnèrent dans sa tête. Sans le moindre effort, elle se mit à chanter une nouvelle composition.

Éclat noir de lune qui ruisselle sur moi
Éclat noir de lune, j'écoute ta voix
Éclat noir de lune
Quel étrange effroi

Éclat noir de lune qui ruisselle sur moi
Éclat noir de lune, j'écoute ta voix
Éclat noir de lune
Je mourrai pour toi !

Comme c'était curieux! Danielle n'avait jamais composé avec une telle facilité. Les paroles semblaient s'imposer à son esprit...

— Danielle! appela Caroline depuis la salle de bains. Cette chanson est super! Quand l'as-tu écrite?

— A l'instant. Ça m'est venu spontanément. Elle te plaît?

— Si elle me plaît? Je la trouve géniale, tu veux dire! « Éclat noir de lune », ça a un petit côté inquiétant qui sonne très bien.

« Inquiétant », répéta Danielle pour elle-même. C'était exactement ce qu'elle avait ressenti en contemplant la lune glacée.

Mais pourquoi? Qu'y avait-il de si inquiétant dans cette lune?

— J'appelle les autres, annonça Caroline en sortant de la salle de bains, une serviette enroulée autour de la tête. Il faut qu'ils écoutent ça!

Trois coups de fil et quelques minutes plus tard, tout le groupe était rassemblé dans la chambre. Les vêtements froissés de Joey prouvaient qu'il s'était endormi tout habillé.

— Elle a intérêt à être bonne, fit-il dans un bâillement. Quand tu m'as réveillé, je rêvais que j'étais avec deux filles...

— Joey, tout le monde s'en fout, coupa Billy.

— Attendez de l'entendre! s'exclama Caroline. Je vous jure que vous ne regretterez pas d'être venus... Vas-y, Danielle.

Danielle joua l'introduction et commença à chanter. Un bref silence suivit sa dernière note, puis Billy se mit à frapper dans ses mains. L'instant d'après, tout le monde, sauf Sue, applaudissait à tout rompre. Joey siffla et tambourina des pieds sur le sol. Les yeux verts de Mary Beth brillaient d'excitation.

Frank pressa l'épaule de Danielle.

— C'est fantastique ! s'exclama-t-il, une admiration sincère dans le regard. Ça va faire un malheur !

— Merci, Frank, murmura Danielle, mal à l'aise.

Elle aperçut la marque de sang séché sur sa lèvre inférieure et se détourna vivement avec un sentiment de culpabilité.

— Comment tu t'es fait cette coupure ? demanda soudain Sue en dévisageant Frank. Tu as encore essayé d'ouvrir une bouteille de bière avec les dents ?

— En me rasant, rétorqua-t-il avec naturel.

Sue fronça les sourcils.

— Tu te rases avant de te coucher ?

— Je n'avais pas eu le temps ce matin, expliqua Frank en caressant tendrement sa lèvre.

Sue fit la moue, l'air à la fois sceptique et contrarié. De toute évidence, elle s'intéressait beaucoup à Frank... Ce qui ne fit qu'accroître le malaise de Danielle.

— Hé ! intervint soudain Caroline avec enthousiasme. Que diriez-vous de nous appeler « Lune noire » ?

— C'est pas mal, admit Mary Beth avec un grand sourire. Dans le genre maléfique.

— Qu'en penses-tu, Sue ? demanda Caroline.

Sue haussa les épaules.

— Pour ce que mon avis compte ! répliqua-t-elle avec hargne.

— Super ! Enfin, nous avons un nom ! s'écria Billy. Je vais pouvoir l'annoncer au directeur du club... Oh ! à propos du club, nous avons la salle pour répéter demain à partir de huit heures. Du matin, pas du soir. Je vous conseille de bien dormir d'ici là.

Sur ces paroles, tout le monde sortit de la chambre, y compris Caroline, qui se retourna vers Danielle pour expliquer :

— Je vais demander à Billy de te laisser retourner à Shadyside demain.

Une fois seule, Danielle posa sa guitare et se coucha. Elle se sentait nerveuse, angoissée.

Les yeux clos, elle vit Frank debout devant elle, un filet de sang noir s'écoulant de sa lèvre.

Avec un soupir, elle se tourna sur le côté et tenta de penser à autre chose. Sa nouvelle chanson « Éclat noir de lune », par exemple...

Quelles paroles étranges ! Elle n'avait jamais rien écrit de ce genre jusqu'alors. En tout cas, tout le monde avait paru très emballé.

Elle s'étonnait encore de la facilité avec laquelle elle l'avait composée quand le sommeil s'empara d'elle.

Un hurlement déchira le silence.

Danielle ouvrit grand les yeux.

Avait-elle rêvé ?

Le cœur battant, elle tendit l'oreille.

Un nouveau hurlement s'éleva de l'autre côté de la fenêtre. Un long hurlement sauvage et plaintif qui lui glaça le sang.

— Qu'est-ce que c'est ? demanda-t-elle à voix haute.

Quelle sorte d'animal pouvait pousser un cri aussi abominable ?

6

Griffures

De nouveau le silence.

Puis un autre hurlement.

— Caroline ? chuchota Danielle. Tu entends ?

Pas de réponse. Danielle chercha son réveil sur la table de nuit.

Minuit. Elle n'avait dormi qu'une vingtaine de minutes. Est-ce que Caroline était encore avec Billy ?

Encore un hurlement, plus douloureux. Et plus proche...

L'image de Joey s'imposa à l'esprit de la jeune fille : Joey s'amusant à hurler à la mort, la tête rejetée en arrière comme un loup.

Danielle traversa la chambre dans la pénombre et écarta le rideau d'une main tremblante.

La lune froide et brillante éclaboussait de lumière le bâtiment et la rue.

Elle sentit un fourmillement bizarre dans ses membres... Et une étrange envie de se précipiter dehors pour... hurler à la lune.

Elle sursauta. Que lui arrivait-il encore ? Comment pouvait-elle imaginer faire une chose pareille ?

D'un geste volontaire, elle rabattit le rideau devant la fenêtre et retourna se coucher.

Recroquevillée sous les couvertures, elle tentait d'ignorer les hurlements quand un nouveau bruit la fit se redresser dans son lit.

Quelqu'un grattait à la porte.

— Danielle !

La voix de Sue !

— Danielle, il faut que je te parle. Maintenant.

Danielle retint sa respiration. Comment Sue osait-elle la poursuivre jusque dans sa chambre en pleine nuit ? Non, elle ne répondrait pas. Elle n'avait aucune envie de s'entendre répéter qu'elle devait quitter le groupe.

— Danielle ! murmura une fois encore Sue. Je sais que tu es là.

Elle gratta de nouveau à la porte.

— Ouvre, Danielle. Vite.

« Va-t'en ! » supplia silencieusement Danielle.

Sue insista encore quelques secondes, puis renonça.

Le silence retomba dans le couloir.

Dehors, un autre hurlement sauvage fit vibrer l'air.

Les mains serrées autour du volant, Danielle déchiffra anxieusement le panneau sur le bord de la route. Encore soixante kilomètres avant Shadyside. Dans moins d'une heure, elle serait dans le bureau du Dr. Moore.

Caroline ne s'était pas trompée : Billy l'avait laissée partir sans problème après la répétition. Il avait même convaincu l'un des serveurs du Rocket Club de lui prêter sa voiture pour l'après-midi.

Danielle secoua la tête. En fait, Billy ne devait pas être mécontent de s'être débarrassé d'elle. Elle avait été nulle pendant la répétition. Jamais en rythme, la voix aussi mal placée que les doigts sur les cordes de sa guitare.

— Ne t'inquiète pas, l'avait rassurée Billy pendant la pause. Une mauvaise répétition signifie généralement un bon spectacle.

— Eh bien, le spectacle va être exceptionnel, avait-elle répondu avec amertume. Je crois que je n'ai jamais été aussi mauvaise.

Évidemment, Sue n'avait pas manqué l'occasion de souligner ses piètres performances en demandant :

— Qu'est-ce qui t'arrive ? Tu as mal dormi ?

— Au contraire, j'ai dormi comme une souche, avait-elle riposté.

Elle ne voulait pas que Sue sache qu'elle l'avait entendue. Elle n'avait pas non plus parlé des hurlements. Personne ne les ayant mentionnés, elle n'était plus très sûre de ne pas avoir été, une fois encore, victime d'hallucinations.

— Je suis un peu nerveuse. Ça ira mieux ce soir, s'était-elle justifiée.

Sue lui avait lancé un regard noir, mais n'avait fait aucun commentaire.

— T'en fais pas, était alors intervenu Frank tandis qu'il débranchait les guitares. Ta chanson va faire un tabac !

Danielle sentit ses joues s'empourprer. Malgré l'épisode de la morsure, Frank restait adorable avec elle. Si seulement, elle avait pu revenir en arrière et effacer ce lamentable incident !

Frank lui plaisait vraiment beaucoup. Mais elle ne se faisait pas d'illusions : même s'il se montrait toujours très gentil, il ne prendrait probablement plus le risque de se retrouver seul avec elle.

« Oublie Frank, s'ordonna Danielle. Ce qui compte, pour l'instant, c'est de voir le Dr. Moore. Et de lui demander de l'aide... »

Une demi-heure plus tard, elle s'engageait dans la rue principale de Shadyside.

Elle roula vers les quartiers nord, regrettant au passage de ne pas avoir le temps de passer embrasser sa tante et son frère, et s'arrêta devant la grande bâtisse victorienne du Dr. Moore.

La sonnette retentit quand elle ouvrit la porte. La réceptionniste n'étant pas à son bureau, Danielle s'installa d'elle-même dans un des confortables fauteuils beiges de la salle d'attente.

Elle prit une revue, qu'elle reposa immédiatement, trop nerveuse pour lire.

Il se passait quelque chose en elle. Quelque chose d'inquiétant. Elle devait absolument trouver quoi et pourquoi.

— Danielle ?

La voix profonde et grave la sortit de ses pensées.

— Dr. Moore !

Elle se leva d'un bond.

Le docteur se tenait devant la porte de son cabinet. C'était un homme grand aux épaules larges. Son regard bleu et pénétrant brillait sous ses épais sourcils en broussaille. Ses cheveux bruns commençaient à grisonner sur les tempes.

Ses vêtements étaient toujours froissés et ses lunettes sales.

— J'ai essayé de vous appeler, expliqua la jeune fille d'une voix tendue, mais la ligne était constamment occupée. Je vous en prie, docteur. Je sais que vous avez d'autres patients, mais j'ai vraiment besoin de vous parler.

Le Dr. Moore s'effaça et lui fit signe d'entrer dans son cabinet.

— L'un de mes patients vient justement d'annuler. Entre, Danielle.

La jeune fille pénétra dans la vaste pièce où trônait un grand bureau entouré de trois fauteuils. Deux des murs étaient couverts de livres, tandis que des posters de fleurs décoraient les autres. Une porte-fenêtre ouvrait sur une terrasse avec piscine.

Le docteur désigna l'un des fauteuils à Danielle et s'assit sur le bord du bureau.

— Alors, que se passe-t-il ? demanda-t-il.

Danielle lui raconta d'une seule traite l'hallucination dont elle avait été victime sur la route, l'étrange chanson qu'elle avait écrite, et sa mésaventure avec Frank.

— Ce n'était pas une illusion ! conclut-elle. Je l'ai réellement mordu. Jusqu'au sang !

— Te sens-tu attirée par Frank ? demanda le Dr. Moore.

— Oui, mais...

Il l'interrompit d'un geste de la main.

— Est-ce qu'il est attiré par toi ?

— Je crois... Du moins, il l'était.

Le docteur sourit.

— Deux jeunes gens qui s'embrassent sous la lune... Voilà qui est assez romantique pour troubler les esprits. A mon avis, la situation est beaucoup plus simple que tu l'imagines. Frank doit avoir bougé un peu trop vite la tête et tes dents ont heurté sa lèvre sans le vouloir.

Le poids qui oppressait la poitrine de Danielle s'allégea un peu à cette idée.

— Je ne crois pas que ton acte ait été volontaire, poursuivit le Dr. Moore.

— Vous avez peut-être raison, admit Danielle. Mais, qu'est-ce que vous faites des hallucinations ? Elles deviennent de plus en plus horribles.

— Voyons un peu ça. Es-tu d'accord pour plonger en toi-même ?

Danielle hocha la tête et ferma les yeux, prête pour une nouvelle séance d'hypnose.

— Compte de cent à un, commanda le psychiatre. Évacue tout ce qui encombre ton esprit pour ne plus penser qu'aux nombres.

Obéissante, la jeune fille s'exécuta :

— Cent... Quatre-vingt-dix-neuf... Quatre-vingt-dix-huit...

— Tu commences à te détendre, murmura le docteur. Ton souffle se ralentit...

Tandis qu'elle comptait, Danielle se sentit devenir plus lourde, comme si elle s'enfonçait au creux d'un coussin moelleux. Ses bras reposaient tranquillement sur les accoudoirs du fauteuil.

— Tu te sens détendue, Danielle ? Tu as vidé ton esprit ?

— Oui.

— Parfait. Maintenant, laisse venir les pensées. Contente-toi de les laisser affluer. Ne cherche surtout pas à les diriger. Et raconte-moi ce qui se passe.

Danielle inspira profondément.

— La lune, marmonna-t-elle. La lune est pleine. Sa lumière m'enveloppe.

— Comment est cette lumière ?

— Froide. Glacée.

Le souffle de la jeune fille s'accéléra.

— Je cours à travers un champ. Je m'échappe.

— Pourquoi t'échappes-tu ?

— Parce que c'est bon de courir librement, loin des autres, répondit Danielle.

Soudain, elle se crispa. Son cœur se mit à battre plus fort.

— Mais je suis poursuivie ! reprit-elle. Quelqu'un cherche à me rattraper.

— Qu'éprouves-tu ? demanda calmement le docteur.

— Je suis en colère, dit Danielle, la voix haletante. Une rage folle ! Je me retourne pour l'affronter. Nous nous battons...

Elle serra les dents, une expression meurtrière sur les traits avant de reprendre :

— Je me bats violemment. Je suis déchaînée, dans une fureur impitoyable. Il y a du sang... Beaucoup de sang. Nous continuons à nous battre et...

Le Dr. Moore claqua des doigts. Une fois... Deux fois.

Danielle ouvrit les yeux, vit les livres sur les étagères, la terrasse ensoleillée... Le docteur qui la regardait.

— C'était tellement... sanglant, bredouilla-t-elle avec une grimace de dégoût.

— Il y a encore beaucoup de rage en toi, remarqua le docteur. Mais c'est normal. Tes parents sont morts sans que tu t'y attendes. Tu leur en veux, d'une certaine façon. A eux et au reste du monde.

Danielle acquiesça d'un signe de tête. Elle haletait toujours.

— N'aie pas peur de tes fantasmes, conseilla le Dr. Moore. Il faut que tu laisses tes sentiments s'exprimer. C'est le meilleur moyen de te débarrasser de ta colère.

La jeune fille le dévisagea, sceptique. Elle avait tant

de mal à croire que ces hallucinations sanglantes pouvaient lui faire du bien!

Elle se sentait encore profondément troublée. Mais, déjà, le psychiatre s'était levé et se dirigeait vers la porte. La séance était terminée.

Prenant appui sur les bras du fauteuil, elle se redressa... Et resta figée sous le choc.

Le tissu beige qui les recouvrait était lacéré.

Le cœur battant, Danielle baissa les yeux sur ses mains.

Des fils beiges étaient incrustés sous ses ongles.

7

La course sous la lune

— Éclat noir de lune!

Massée sur la piste de danse du Rocket Club, la foule en délire bissait le groupe.

— Encore! Encore!

Danielle dégoulinait de sueur. Sa robe rouge pailletée collait à sa peau. Une ampoule gonflait le bout de son index.

Mais elle se sentait dans une forme éblouissante! Elle aurait pu chanter toute la nuit.

— Encore! Encore! Éclat noir de lune!

Rayonnante, Danielle se tourna vers le groupe. Caroline rejeta ses cheveux blonds en arrière et leva un poing victorieux. Derrière sa batterie, Mary Beth hocha la tête en souriant. Même Sue semblait heureuse.

... Jusqu'à ce qu'elle rencontre le regard de Danielle. Une expression de haine se peignit alors sur ses traits.

Mais ce soir, il en aurait fallu plus pour troubler Danielle. Les gens les acclamaient ! Ils aimaient leur musique, ils réclamaient *sa* chanson.

— On y va ! cria Billy sur le côté de la scène.

A côté de lui, Joey montra son pouce dressé.

Danielle se retourna vers le public. Déjà, Caroline jouait l'introduction au synthétiseur. Mary Beth l'accompagna à la batterie.

Danielle rapprocha le micro de sa bouche et commença à chanter, immédiatement accompagnée par des dizaines de voix.

Éclat noir de lune qui ruisselle sur moi
Éclat noir de lune, j'écoute ta voix
Éclat noir de lune...

Au fond de la salle, elle remarqua une silhouette immobile. Tout le monde frappait dans les mains et chantait, sauf elle.

Son cœur fit un bond dans sa poitrine en reconnaissant Frank.

En général, Frank restait dans les coulisses jusqu'à la fin du spectacle. Mais, aujourd'hui, il s'était éclipsé un peu plus tôt pour la voir.

Car, il n'y avait pas de doute, c'était bien elle qu'il regardait. Il la fixait intensément, une lueur d'admiration au fond de ses yeux clairs.

Une bouffée de plaisir submergea Danielle. Malgré l'épisode lamentable du baiser, Frank s'intéressait toujours à elle ! Folle de joie, elle acheva sa chanson, portée par un public en délire.

Éclat noir de lune qui ruisselle sur moi
Éclat noir de lune
Je mourrai pour toi!

— Il faut fêter ça! cria Joey. Une fête d'enfer!

Il était une heure et demie du matin et le club venait juste de fermer. Mais personne dans le groupe ne songeait à dormir. Lune noire avait remporté un succès incroyable. Et *Éclat noir* était destiné à devenir leur chanson fétiche.

— D'enfer! répéta Joey en attrapant Sue par la taille pour la faire danser.

Elle se dégagea d'un coup de hanches.

— Bas les pattes! fit-elle, moqueuse.

Joey haussa les épaules et se tourna vers Mary Beth. A la surprise de Danielle, celle-ci se laissa entraîner. Il fallait vraiment qu'ils aient remporté un triomphe pour que Mary Beth accepte de danser avec Joey!

— Ça va? demanda Billy tandis que Danielle rangeait sa guitare.

— Je suis morte! soupira-t-elle avant d'ajouter avec un sourire: Mais je ne me suis jamais sentie aussi bien de ma vie.

Deux fossettes se creusèrent dans les joues de Billy.

— Tu as vraiment été géniale... Mais je suppose que je n'ai pas besoin de te le dire.

— Oh! si, tu peux! plaisanta Danielle. Il y a des choses que je ne me lasse pas d'entendre.

— Qu'est-ce qu'on fait, Billy? interrompit Caroline. Tout le monde a envie de fêter ça.

Billy glissa une main dans ses cheveux en grimaçant.

— Aïe! Je suis désolé de vous dire ça, mais on ne

trouvera rien d'ouvert à cette heure-là à part le coffee-shop de l'hôtel.

Caroline haussa les épaules.

— C'est impec. Avec la forme qu'on a, on peut faire la fête n'importe où !

Tandis que Caroline s'éloignait, Danielle remarqua Frank en train de ramasser les câbles au fond de la scène. Elle revit son regard brûlant pendant qu'elle chantait. Un regard qu'elle mourait d'envie de sentir à nouveau sur elle.

Elle se dirigeait vers lui, quand elle sentit deux bras musclés la saisir par la taille et la faire pivoter.

— Joey ! cria-t-elle en se débattant.

— Tu es à moi, maintenant ! s'exclama-t-il avec un sourire de vainqueur.

Sans lui laisser le temps de réagir, il resserra son étreinte et l'embrassa sur la bouche.

Danielle tourna vivement la tête et tenta de le repousser.

— Ça suffit, Joey ! explosa-t-elle.

— Allez, Danny, insista-t-il, très sûr de lui. Je sais bien que tu as envie de moi.

— Fiche-moi la paix ! répliqua Danielle.

Au fond de la scène, Frank leva la tête et regarda dans leur direction. Il eut une grimace dégoûtée, puis ramassa ses câbles et disparut dans les coulisses.

Danielle lança un regard noir à Joey. Super ! A cause de lui, elle venait peut-être de rater sa dernière chance !

— C'est bon, les copains, s'écria Billy en brandissant un morceau de papier au-dessus de sa tête. J'ai notre chèque. On n'est pas encore millionnaires, mais on a de quoi s'offrir des hamburgers au coffee-shop.

Au moment de quitter le Rocket Club, Danielle s'aperçut qu'elle était encore trop excitée pour s'asseoir à une table. Elle avait besoin de prendre l'air. Courir dans la fraîcheur de la nuit, par exemple. S'échapper...

— Je suis une vraie pile électrique, confia-t-elle à Caroline une fois dehors. Je crois que je vais marcher un peu pour me calmer. Commande-moi un cheeseburger en attendant. Saignant.

Elle descendit la rue d'un pas rapide, dépassa la zone commerçante, et se retrouva bientôt sur un chemin de terre bordé par un terrain vague.

Sous la lune, les mauvaises herbes prenaient des reflets argentés. Danielle leva les yeux vers le cercle brillant.

— Vas-y, se murmura-t-elle à elle-même.

L'instant suivant, elle s'élançait à toutes jambes.

Les herbes sèches fouettaient ses mollets, s'accrochaient à sa robe, mais elle ne ralentit pas l'allure. Une force inconnue semblait la pousser.

« Quelque chose dans l'éclat de la lune, se dit-elle. Éclat noir de lune, j'écoute ta voix. »

Soudain, une masse sombre se dressa devant elle. Un mur de près de deux mètres surmonté de fils barbelés.

Il fallait qu'elle s'arrête.

« Stop ! » hurla une voix dans sa tête. Mais elle ne l'écouta pas.

Elle fonça droit sur le mur, sentit les muscles de ses jambes se raidir, puis se détendre brusquement...

Elle s'envola littéralement dans les airs et retomba de l'autre côté, à quatre pattes, tel un chien ou un cheval.

Comment avait-elle pu réaliser un pareil exploit ?

Haletante, elle leva la tête et regarda autour d'elle. Elle s'aperçut avec étonnement qu'elle se trouvait dans le petit parc où elle avait embrassé Frank. Emportée par sa course folle, elle avait fait le tour de la ville et était revenue à son point de départ sans même s'en rendre compte !

Au moment de se redresser, elle vit ses mains dans la clarté lunaire. Un haut-le-cœur lui tordit l'estomac.

Posées là, sur le sol terreux, ce n'était pas ses mains, mais... deux pattes... aux griffes acérées. Elle les leva lentement devant ses yeux, atterrée.

Éclat noir de lune qui ruisselle sur moi.

Un bruit furtif derrière elle la sortit de sa transe. Une respiration. Des pas...

Quelqu'un l'avait suivie.

Elle bondit sur ses pieds, ses pattes griffues dressées vers le ciel.

— Joey ! Qu'est-ce que tu fiches là ?

8

Un cadavre dans le parc

— Quelqu'un a vu Joey ? demanda Billy en rejoignant Sue, Mary Beth et Caroline au coffee-shop de l'hôtel.

Mary Beth bâilla et passa une main dans ses cheveux roux.

— Tu devrais essayer sa chambre, suggéra-t-elle.

— L'omelette au jambon, annonça la serveuse.

— C'est pour moi, reprit la jeune fille, ses yeux verts cernés de mauve. Avec des tonnes de café.

La serveuse posa l'assiette devant elle et retourna vers le comptoir.

— Heureusement qu'il n'y a pas de concert ce soir, fit Mary Beth avec un nouveau bâillement. Je me serais probablement écroulée sur la batterie pendant la première chanson.

— Vous vous êtes couchés à quelle heure ? demanda Danielle.

— Trop tard, grommela Caroline. J'ai hâte de monter dans le van pour dormir. Réveillez-moi en arrivant à Shadyside.

— Café, annonça la serveuse, un pot fumant à la main.

Danielle leva sa tasse et aperçut une coupure sur son majeur. Sans doute une autre ampoule qui avait claqué.

— Et toi, qu'est-ce que tu as fait cette nuit ? interrogea Sue. Je croyais que tu devais nous rejoindre ici ?

— Je sais, dit Danielle, se souvenant très bien d'être sortie prendre l'air. Mais la fatigue m'est tombée dessus d'un seul coup et je me suis effondrée.

Ça, c'était la version la plus probable. En fait, elle avait oublié tout ce qui s'était passé après son départ.

— Ne m'en parle pas, fit Caroline en roulant des yeux. Tes ronflements ont dû réveiller tout l'hôtel !

— Toujours pas de trace de Joey ? demanda Billy en revenant vers leur table avec Frank. Il devait amener le van devant la porte de l'hôtel avant midi.

— Et ça t'étonne qu'il ne soit pas là ? se moqua Caroline. Joey est le plus gros dormeur du groupe. Il dort même en conduisant. Si tu ne le réveilles pas...

— Il n'était pas dans notre chambre à mon réveil, coupa Frank.

Billy se tourna vers Danielle.

— Il est parti une ou deux minutes après toi, cette nuit. Tu ne l'as pas vu ?

La jeune fille secoua la tête.

— Non.

Sue éclaboussa la table en reposant son verre de jus d'orange.

— Pourtant, il a dit un truc à propos de toi avant de partir, remarqua-t-elle.

Ses doigts tremblaient pendant qu'elle épongeait le jus d'orange avec sa serviette en papier.

— Ça va, Sue ? s'inquiéta Billy.

— Oui, répliqua-t-elle en jetant un coup d'œil à Danielle. Très bien.

— Alors, intervint Frank, personne ne sait où est Joey ?

— Il a peut-être oublié quelque chose au Rocket Club, suggéra Caroline.

— Bonne remarque, fit Billy en hochant la tête.

Mary Beth leva les yeux au ciel.

— Ah ! ces managers ! plaisanta-t-elle. Ils sont toujours surpris de s'apercevoir que les musiciens ont un cerveau !

— Ouais, acquiesça Caroline en riant.

D'un geste de la main, elle fit signe à Billy et à Frank de débarrasser le plancher.

— Bon, salut les mecs, allez chercher Joey, et laissez-nous déjeuner tranquillement.

— Tu ne manges pas, Danielle ? s'étonna Mary Beth, avant d'enfourner une énorme bouchée. On dépense énormément d'énergie pendant un concert, tu sais. Tu devrais reprendre des forces.

— Je n'ai pas faim pour le moment. Je grignoterai quelque chose plus tard, répondit Danielle, un peu surprise elle-même de son manque d'appétit.

Généralement, elle dévorait après un spectacle. Peut-être couvait-elle une grippe? Tous ses muscles étaient endoloris comme si elle avait couru un marathon...

Elle regarda Sue qui détourna nerveusement les yeux.

Étrange... Sue se reprocherait-elle brusquement son hostilité envers elle? Si c'était le cas, elles pourraient enfin devenir amies.

Leur petit déjeuner terminé, les quatre filles rejoignirent Billy et Frank dans le vestibule. Leurs bagages les attendaient déjà.

— Vous avez trouvé Joey? interrogea Sue.

Billy secoua la tête.

— Il n'est ni au club ni dans sa chambre, répondit-il d'un air agacé. Il a intérêt à rappliquer rapidement s'il ne veut pas chercher un autre job.

Danielle jeta un coup d'œil vers l'ascenseur où Caroline et Frank discutaient en murmurant. La conversation semblait animée et elle se demanda avec un petit pincement de jalousie s'il n'y avait pas quelque chose entre eux. Dans ce cas, elle ferait mieux d'oublier Frank. Le problème, c'est que ce garçon l'attirait comme un aimant...

— On va charger et partir, décida finalement Billy. On trouvera peut-être Joey quelque part sur le bord de la route.

— Tu sais bien que non ! s'exclama Sue avec véhémence.

Danielle la regarda, surprise. Que voulait-elle dire ?

Sans laisser à Billy le temps de lui répondre, Sue attrapa sa veste et sortit comme une furie.

— Qu'est-ce qui lui arrive ? s'étonna Danielle. D'habitude elle ne supporte pas Joey. Pourquoi s'inquiète-t-elle tant pour lui tout à coup ?

— Aucune idée ! fit Billy avec un haussement d'épaules.

Se tournant vers Frank et Caroline, il ajouta :

— O.K., on y va !

Une fois dehors, Frank et Billy attachèrent les instruments sur le toit pendant que les filles chargeaient les sacs à l'intérieur du van.

Danielle s'apprêtait à monter quand deux voitures de police passèrent à vive allure dans la rue, toutes sirènes hurlantes. Quelques secondes plus tard, apparaissait une ambulance.

— Ils se dirigent vers le parc, cria Frank, une main en visière sur les yeux. Venez, on va voir ce qui se passe.

Plusieurs dizaines de personnes étaient déjà rassemblées aux abords du parc lorsqu'ils y arrivèrent. Deux policiers à l'air pas commode tentaient sans grand succès de les tenir à distance.

Sue et Frank traversèrent la foule en jouant des coudes.

— Reculez ! ordonna l'un des policiers. Interdiction d'approcher !

Un cri perçant retentit.

— On dirait Sue ! s'exclama Caroline. Qu'est-ce qu'elle a vu ?

Le cœur de Danielle se mit à cogner follement dans sa poitrine.

— Je n'irai pas plus loin, déclara Mary Beth en s'immobilisant. Regardez tous ces gens qui s'agglutinent comme des rats. C'est ignoble !

Caroline s'arrêta également, le visage livide.

Danielle continua à avancer.

— Que tout le monde recule ! s'énerva un des policiers. Reculez !

Danielle se mêla aux personnes assemblées. Une trouée dans la foule lui permit de voir pourquoi Sue avait crié.

Il y avait une masse sombre sur le sol.

Un corps humain.

Mort.

Ses vêtements étaient en lambeaux. Sa peau lacérée.

De toute évidence, il avait été attaqué et déchiqueté par un animal sauvage.

Un badaud se déplaça et Danielle put voir le visage de la victime.

Le visage de Joey.

DEUXIÈME PARTIE

9

Une chanson pour Sue

Trois semaines plus tard

— Je sais que ce n'est pas moi, répéta Danielle. Je ne pourrais pas faire une chose aussi horrible !

— Tu n'as pas besoin de me convaincre, Danielle, répondit calmement le Dr. Moore. Mais pourquoi tiens-tu tant à te convaincre toi-même ? Qu'est-ce qui te fait penser que tu aurais pu assassiner Joey ?

Danielle se tenait raide dans le fauteuil. Un nouveau fauteuil, avait-elle noté à son arrivée. Si le docteur n'avait jamais évoqué ce qu'elle avait fait au précédent, elle, elle ne l'avait pas oublié.

Elle croisa ses mains sur ses genoux et les tordit nerveusement.

— Danielle ? insista le psychiatre. Pourquoi crois-tu qu'il y a un rapport entre toi et la mort de Joey ?

— A cause de ce que je viens de vous dire, expliqua-t-elle d'une voix blanche. Je suis peut-être passée à un autre stade. Un stade où je réalise mes fantasmes de violence.

— As-tu déjà eu ce genre de fantasmes à propos de Joey ?

Danielle secoua la tête.

— Non. Jamais. Mais j'ai appris qu'il avait quitté le club juste après moi cette nuit-là. Et selon Sue, il aurait dit quelque chose à mon sujet.

Le Dr. Moore tapota sur son bureau avec son stylo.

— Cela n'implique nullement que vous vous soyez rencontrés.

— Je sais, mais...

Danielle se racla la gorge.

— Le problème, c'est que je ne me souviens de rien ! lâcha-t-elle, à bout de nerfs. Je me revois les quitter... Ensuite c'est le trou noir ! Je ne me souviens de rien, répéta-t-elle.

— Probablement parce qu'il n'y pas de raison de se souvenir de quoi que ce soit, répondit le docteur en griffonnant quelque chose sur son bloc-notes. Tes fantasmes ne sont que l'expression de ton traumatisme face à la disparition brutale de tes parents.

Il se pencha en avant, ses yeux bleus fixés sur elle, et poursuivit :

— Mais il ne s'agit que de pensées, pas d'un passage à l'acte.

Danielle baissa les yeux. Ses mains s'agitaient, se tordaient sur ses genoux comme si elles avaient une volonté propre.

— Tu es très nerveuse, reprit le docteur. Essayons de clarifier les choses, dans ta tête, cela t'aidera à retrouver ton calme.

Il quitta son fauteuil et vint s'asseoir sur le bord du bureau.

— Compte de cent à un, commença-t-il d'une voix douce, et détends-toi...

Les yeux clos, Danielle s'adossa à son siège.

Le van roulait vers le prochain hôtel. Encore d'autres hamburgers graisseux en perspective... Une autre foule en délire.

Danielle piaffait d'impatience. Sa séance avec le Dr. Moore avait été efficace : elle se sentait plus détendue, prête à remonter sur scène. Elle croisa le regard de Frank dans le rétroviseur. Le garçon lui adressa un clin d'œil.

Elle lui sourit, touchée par sa gentillesse.

— Je n'arrive pas à croire qu'on va vraiment jouer ce soir comme si rien ne s'était passé ! explosa soudain Sue. Joey est mort ! Il a été tué. Déchiqueté, au cas où vous l'auriez oublié. Ça vous est égal ?

Un silence suivit ses paroles.

La vision du corps sanglant de Joey s'imposa à Danielle. Elle s'efforça de la chasser de son esprit.

— Bien sûr que non, répondit finalement Billy, un tremblement dans la voix. Tu le sais bien. Simplement...

— La vie continue, acheva Caroline. Je veux dire... ça ne ramènera pas Joey de...

— On aurait dû annuler ce concert, coupa Sue.

— C'était impossible, Sue, expliqua doucement Frank. Nous avons un contrat à respecter. Et puis, je ne pense pas que Joey l'aurait souhaité.

Sue marmonna quelques paroles incompréhensibles en guise de réponse.

Elle semblait sincèrement ébranlée par la mort de

Joey. Soucieuse de détendre l'atmosphère, Danielle prit sa guitare derrière le siège et annonça :

— J'ai composé une nouvelle chanson hier.

— Encore une ! s'étonna Caroline. Danny, tu es inépuisable.

— Si elle est aussi réussie que *Éclat noir*, tu pourras la chanter demain soir au Road House, déclara Billy.

Le Road House était la prochaine discothèque où ils devaient se produire.

— C'est une sorte de suite à *Éclat noir de lune*, prévint Danielle. Plus rythmée. Je pensais que Sue pourrait la chanter.

A ces mots, Sue se retourna, l'air surpris.

Danielle lui sourit. Avec un peu de chance, cette chanson améliorerait leurs rapports...

— Vas-y, proposa Frank.

Danielle tapa le tempo du bout des doigts sur le bois de sa guitare, puis pinça une corde et commença à chanter.

Retiens-moi,
Éclat noir de lune, garde-moi,
Comme un ami, prends-moi dans tes bras,
Calme mes désirs.

Caroline remuait la tête en cadence, ses cheveux blonds dansant sur ses épaules ; Mary Beth frappait le siège devant elle, ses doigts en guise de baguettes ; Sue écoutait attentivement, son regard d'ambre rivé sur Danielle.

Retiens-moi,
Éclat noir de lune, garde-moi,
Attache de ton rayon dur et froid,
Mes mains assassines.

Un long silence accueillit la dernière strophe.

Danielle sentit ses joues s'embraser. Avait-elle vraiment écrit de telles paroles ?

Billy s'éclaircit la voix.

— Waouh ! murmura-t-il. On...

Sue l'interrompit.

— « Mes mains assassines » ? répéta-t-elle, les yeux fixés sur Danielle. Et tu veux que ce soit *moi* qui chante ça ? Qu'est-ce que ça signifie ?

Danielle secoua la tête.

— Je... Euh, rien de particulier. J'ai juste commencé à chanter et...

— Je n'ai pas tué Joey ! hurla soudain Sue. C'est toi qui l'as fait ! Toi ! Toi !

Avec un cri de rage, elle bondit de son siège et attrapa Danielle à la gorge. Ses mains se refermèrent comme un étau.

10

Comme une bête

— C'est toi qui l'as tué ! continuait de hurler Sue. Toi !

Le visage déformé par la haine, elle crachait un flot de paroles incompréhensibles.

Sa force était presque surnaturelle. Danielle avait

agrippé les doigts de Sue mais elle ne parvenait pas à les desserrer. Le souffle commença à lui manquer. Elle sentit la panique la submerger. Sue voulait vraiment l'étrangler. Elle allait mourir !

Affolée, elle tira un peu plus fort et parvint à retourner l'un des pouces de Sue qui lâcha prise avec un cri de douleur.

Le van s'arrêta sur le bas-côté dans un crissement de freins.

Danielle saisit l'autre poignet de Sue et tira de toutes ses forces. L'air s'engouffra de nouveau dans ses poumons, lui redonnant assez de vigueur pour repousser son assaillante.

— Sue, arrête ! Ça suffit ! hurla Billy quand celle-ci revint à la charge.

Il la retint par la taille tandis que Danielle se redressait en articulant d'une voix rauque :

— Je ne l'ai pas tué ! Je ne l'ai pas tué !

— Dépêche-toi, Frank ! Viens m'aider ! cria Billy.

Sue continuait à se démener comme un diable.

Le temps de faire le tour du van et Frank arrivait à la rescousse.

— Une chanson pour moi, hein ? répéta Sue, ses yeux étincelants de colère fixés sur Danielle.

— Les paroles me sont venues machinalement, tenta de se justifier la jeune fille. Elles ne veulent rien dire. Ce n'est pas une accusation, juste une chanson.

— Assez ! On se calme maintenant ! ordonna soudain Frank d'une voix forte.

Sue voulut protester, mais il la secoua violemment en répétant d'un ton sans réplique :

— On se calme !

Billy s'était rapproché de Danielle. Il glissa un bras autour de ses épaules tremblantes.

Frank regarda les membres du groupe un par un.

— On donne un concert demain soir, rappela-t-il. La mort de Joey est un coup rude pour nous tous, mais ce n'est pas une raison pour perdre notre sang-froid de cette façon. Il faut te reprendre, Sue.

La jeune fille haletait. Pas un instant, son regard n'avait quitté Danielle.

« Elle est sûre que j'ai tué Joey, songea celle-ci. Elle n'a pas arrêté de le crier. Mais pourquoi ? Pourquoi moi ? »

Elle frotta son cou endolori, puis se détourna avec un frisson.

Mary Beth la dévisageait, une lueur d'effroi au fond de ses yeux verts.

« De qui a-t-elle peur ? se demanda Danielle. De Sue ou de moi ? »

Un éclair illumina le ciel. L'instant d'après, un coup de tonnerre ébranla le van.

— On dirait qu'il va pleuvoir, remarqua Frank en lâchant le bras de Sue. On ferait mieux d'y aller.

Personne ne rompit le silence jusqu'à l'arrivée.

L'orage gronda sans éclater pendant les cent kilomètres restants. Finalement, il explosa en trombes d'eau au moment où Frank garait le van sur le parking de l'hôtel.

— Billy et moi aurons besoin d'aide pour décharger, cria le garçon par-dessus le martèlement sourd de la pluie sur le toit.

Il passa par-dessus son siège et ouvrit la porte coulissante sur le côté.

Danielle sortit la dernière. Une véritable douche l'accueillit à l'extérieur, plaquant ses cheveux sur son crâne. Elle renversa la tête en arrière pour accueillir les grosses gouttes fraîches sur son visage.

— Dépêche-toi, la pressa Caroline. Tu vas être trempée.

Mais Danielle s'en moquait. Elle éprouvait une irrépressible envie de sentir l'eau ruisseler sur sa peau, de courir dans le fracas de l'orage.

Elle s'élança dans la rue.

— Danny ! l'appela Caroline. Où vas-tu ? Il faut décharger !

— Laisse-la, entendit-elle Frank répondre. Ne t'inquiète pas pour elle.

Elle se demanda s'il ne se trompait pas. S'il ne fallait pas, au contraire, s'inquiéter pour elle. Elle ne savait plus ce qu'elle faisait ni pourquoi elle courait ainsi sous la pluie battante.

Elle ne ralentit que lorsque la pluie cessa, à bout de souffle, les jambes en coton.

Sa gorge était sèche. Il fallait qu'elle se désaltère.

Sans réfléchir, elle se mit à quatre pattes au-dessus d'une flaque et lapa l'eau avec sa langue.

11

Frank en danger

A son arrivée au Road House, Billy constata avec satisfaction que le directeur avait déjà entendu parler du groupe par le propriétaire du Rocket Club.

— Il paraît que ça va être bondé ce soir, annonça-t-il aux autres le matin de la répétition. Ils pensent même refuser du monde.

Il sourit, enthousiaste :

— Vous vous rendez compte, les mecs ? On est en train de devenir célèbres ! Et c'est à toi qu'on le doit, chérie ajouta-t-il à l'adresse de Danielle. Dave, du Rocket, a dit que tu étais de la dynamite.

Caroline se pencha vers Danielle qui réglait les cordes de sa guitare.

— Chérie ? murmura-t-elle d'un ton moqueur.

— Dynamite ! rétorqua Danielle en riant.

— Bon, on se met au boulot, oui ou non ? intervint Sue avec impatience : Ça fait vingt minutes qu'on parle pour ne rien dire.

Billy hocha la tête.

— Bien sûr, Sue. Tu veux bosser ? Eh bien, on attaque.

— Pas trop tôt, soupira Sue en lançant un regard mauvais à Danielle.

Question amitié, c'était plutôt mal parti entre elles. C'était même carrément sans espoir, pensa Danielle.

Après le terrible épisode dans le van, personne n'avait osé évoquer la dernière chanson de Danielle. Ni sa bagarre avec Sue, d'ailleurs. Mais Danielle, elle, sentait encore les doigts de Sue autour de son cou.

Sue avait essayé de l'étrangler.

Mais, le pire, c'était que Danielle ne s'était pas contentée de se défendre : elle avait ressenti l'envie de *tuer* Sue.

Selon le Dr. Moore, la mort brutale de ses parents était à l'origine de ses pensées violentes. Des pensées qui, d'après lui, ne se transformeraient jamais en acte.

Mais s'il se trompait ? Un frisson glacé la parcourut à cette idée.

Elle se souvenait d'avoir couru comme une démente après la bagarre avec Sue. Elle se souvenait aussi qu'elle avait bu à même le sol, comme un chien...

Elle ne comprenait pas ce qui lui arrivait. Elle savait seulement qu'elle était incapable de se maîtriser.

— Danielle, tu es prête ?

La voix de Billy la fit sursauter.

— Euh... oui, excuse-moi.

Sa guitare à la main, elle se dirigea vers l'avant-scène.

— Ça va ? demanda Frank, l'air soucieux, lorsqu'elle passa devant lui.

Danielle hocha la tête. Que faire d'autre ? Elle n'allait tout de même pas annoncer au garçon qui lui plaisait qu'elle était en train de devenir folle...

— Très bien, répondit-elle. Je suis un peu fatiguée, c'est tout.

— Parfait ! fit Billy quand elle eut pris sa place. On commence par *Éclat noir de lune*. Je veux que vous fassiez trembler la salle !

Une fois encore, la musique balaya tous les soucis de Danielle.

— Remets ta robe rouge, conseilla Caroline, un peu plus tard dans leur chambre. Tu as eu un succès dingue la dernière fois que tu la portais.

— Moi, je te préfère en noir, remarqua Mary Beth. Ton jean noir avec le T-shirt décoré de morceaux de métal en forme de demi-lunes. En plus, ça va bien avec le nom du groupe.

Danielle fit la grimace.

— Je déteste ce pantalon. Il me serre tellement que je suis obligée de m'allonger pour le fermer, et j'ai peur qu'il craque dès que je me penche.

— Comme ça, on aurait une pleine lune ! plaisanta Caroline.

Mary Beth s'esclaffa et lui jeta une paire de chaussettes au visage. Caroline la lui renvoya, mais Danielle l'intercepta au vol et s'apprêtait à la relancer quand un coup à la porte arrêta son geste.

— C'est moi. Ouvrez ! appela Billy.

Caroline s'exécuta.

— Que se passe-t-il ? demanda-t-elle.

— Je n'arrive pas à trouver Frank, répondit-il. Le concert commence dans une heure et demie, et il n'a toujours pas branché le matériel. Personne ne sait où il est ?

— Je l'ai vu partir avec Sue à la fin de la répétition, remarqua Mary Beth.

— Avec Sue ? s'étonna Danielle avec une pointe de jalousie.

Mary Beth hocha la tête.

— Je n'entendais pas ce qu'ils disaient, mais ils avaient l'air de se disputer.

Danielle plissa le front. A quel propos Sue et Frank pouvaient-ils se disputer ?

Billy jeta un coup d'œil à sa montre.

— Il faut absolument qu'on les retrouve. La ville n'est pas grande, ça ne devrait pas être difficile. Mary Beth, tu viens avec moi, ordonna-t-il. On va chercher au nord, en amont du fleuve, puis à l'ouest. Danielle et Caroline, je vous charge du sud et de l'est.

Le temps d'enfiler ses baskets et Danielle suivait ses amis hors de l'hôtel.

— Je me demande où ils ont pu aller, dit-elle. Ça ne ressemble pas à Frank de disparaître une heure et demie avant le concert.

— Ni de se disputer avec quelqu'un, renchérit Caroline. Il est toujours tellement calme. Je ne l'ai vu s'énerver qu'une seule fois : le jour où Joey a fait exploser un ampli.

Elles longeaient une ruelle bordée de vieux bâtiments en briques. Des herbes folles poussaient çà et là entre les pavés disjoints.

— Sue est vraiment bizarre depuis la mort de Joey, reprit Caroline d'un ton pensif. Elle n'a jamais vraiment été un boute-en-train mais, au moins, elle s'amusait de temps en temps. Maintenant, on dirait que tout l'ennuie et la contrarie.

— Oui, acquiesça Danielle en effleurant son cou.

Elle pouvait encore y sentir les doigts de Sue.

Soudain, son pouls s'accéléra. Un terrible pressentiment lui noua l'estomac.

— Hé ! Danielle, attends-moi ! cria Caroline. Qu'est-ce qui te prend de marcher si vite ? On ne fait pas la course.

— Il faut le trouver ! lança Danielle par-dessus son épaule. Il se passe quelque chose. Quelque chose de grave...

Elle courut jusqu'au coin de la rue, le long d'un immeuble abandonné aux vitres brisées. Des éclats de verre jonchaient le trottoir. Le vent soulevait les affiches déchirées sur la façade décrépie.

De l'autre côté de la rue s'étendait un terrain vague entouré d'un grillage. Sur le sol poussiéreux, Danielle aperçut Frank. Il gisait sur le dos, le visage blême, les yeux remplis de frayeur, son T-shirt déchiré à l'épaule.

A un mètre de lui, Sue le fixait durement.

Il parvint à se redresser sur son avant-bras.

— Sue, supplia-t-il, je t'en prie, ne...

Mais Sue ne semblait pas l'entendre. Ses yeux réduits à deux fentes étincelantes, elle avança d'un pas et se pencha, les mains tendues, les doigts recourbés comme des griffes.

Ses lèvres se retroussèrent en un sourire haineux.

— Sue ! Non ! hurla Danielle en se précipitant vers eux.

Trop tard.

Avec un grognement sauvage, Sue plongea sur Frank et commença à le mettre en pièces.

12

Une surprise dans le placard

— Non ! répéta Danielle.

Agrippée au grillage, elle le secouait frénétiquement.

Caroline la rejoignit en courant.

— Qu'est-ce qui se passe ?

— Frank ! Frank ! hurlait Danielle. Arrête, Sue ! Tu vas le tuer !

Caroline la saisit par le bras et la tourna vers elle.

— Tu délires, Danielle ? Frank et Sue ne sont pas là. Il y a juste deux gamins qui s'amusent. Regarde !

Danielle cligna des paupières et regarda de nouveau à travers le grillage rouillé.

Deux garçons d'une dizaine d'années la fixaient, l'air médusé.

— On... faisait rien de mal, bégaya l'un d'eux. On jouait à se battre.

— C'était juste pour s'amuser, renchérit l'autre d'une voix tremblante.

— Euh... désolée, murmura Danielle. Je...

Mais les deux enfants n'attendirent pas ses excuses. Se faufilant dans une brèche au pied du grillage, ils sortirent du terrain vague et s'enfuirent à toutes jambes.

« Deux enfants, songea Danielle. Ni Frank ni Sue, juste deux enfants. »

Elle avait encore été victime d'une hallucination !

— Que s'est-il passé ? demanda Caroline, la ramenant à la réalité. Tu as crié les noms de Frank et de Sue. C'était une nouvelle hallucination ?

Danielle hocha la tête en soupirant.

— Qu'est-ce que tu as vu ?

— Quelle importance ! répondit vivement Danielle. Qu'importe ce que je vois puisque ce n'est pas vrai ?

Caroline glissa un bras autour de ses épaules.

— Calme-toi, fit-elle doucement. Viens, on retourne à l'hôtel. Tu m'as dit que tu avais pu voir le Dr. Moore. Qu'est-ce qu'il t'a dit ?

— Que mes fantasmes étaient une réaction à la mort violente de mes parents.

— Ça semble assez logique, commenta Caroline.

Elle entraîna Danielle en direction de l'hôtel.

Sur le chemin du retour, une image s'imposa brusquement à l'esprit de la jeune fille. Pas un fantasme, cette fois, non. Quelque chose de beaucoup plus effrayant... La scène de l'accident de ses parents : la voiture basculant dans le ravin, les corps déchiquetés par les rochers...

Pourtant, elle n'avait pas vu leurs corps après leur mort. Et personne ne lui avait jamais décrit les circonstances exactes de l'accident. Mais elle n'y pouvait rien. C'était toujours ainsi qu'elle les imaginait. Déchiquetés. Lacérés.

Elle serra les poings à s'en faire mal. C'était stupide. Cette image n'avait pas plus de réalité que ces horribles hallucinations. Et elle ne vivrait jamais normalement si elle ne parvenait pas à s'en débarrasser.

— Ça va aller ? s'inquiéta Caroline à côté d'elle. Tu veux que je demande à Billy...

— Non ! coupa Danielle. Surtout ne dis rien à Billy ! Déjà qu'il doit regretter de m'avoir acceptée dans le groupe...

— Tu plaisantes ! protesta Caroline. Billy te trouve super. Et puis, tu fais partie de son groupe, c'est important pour lui. Je suis sûre qu'il voudra être au courant si tu as des problèmes.

— S'il te plaît, Caroline, ne lui parle pas de cette crise. Je me sens déjà suffisamment idiote comme ça.

— D'accord.

Danielle sourit.

— Je te promets d'être en forme pour le concert de ce soir, dit-elle.

Quelques minutes plus tard, elles pénétraient dans le hall de l'hôtel où les attendaient les autres, y compris Frank et Sue.

Je n’arrive pas à croire que vous ayez tous les deux disparu comme ça juste avant le concert ! pestait Billy. On joue dans moins d’une heure au cas où vous l’auriez oublié.

— On n’a pas disparu ! protesta sèchement Sue. On est là, il me semble.

— Désolé, vieux, s’excusa Frank. J’ai rencontré un type avec qui j’étais au lycée et on a commencé à discuter. Je n’ai pas vu le temps passer. Je m’occupe immédiatement du matériel. Tout sera prêt à temps, ne t’inquiète pas.

Il pressa doucement l’épaule de Danielle en passant près d’elle.

— Et toi, Sue ? demanda Mary Beth. Tu étais où ?

Sue haussa les épaules.

— J’ai marché un peu.

— Où ça ? insista Mary Beth.

— Hé ! T’es pas ma mère ! Je n’ai pas de comptes à te rendre, rétorqua Sue avec véhémence.

— Ça va, on se moque de savoir où tu étais, intervint impatiemment Billy. On a à peine une heure pour s’installer. Grouillez-vous !

Finalement, Danielle opta pour sa robe rouge... et se félicita de son choix quand tout le monde frappa des pieds et des mains en cadence pour réclamer une nouvelle fois *Éclat noir de lune*. Elle allait finir par croire que cette robe lui portait bonheur.

— Hé ! cria-t-elle, apostrophant la foule. Est-ce qu’il y a un couvre-feu dans cette ville ? On ne risque pas de voir la police débarquer si on continue à chanter ?

— On s’en moque ! répondit une grande blonde au premier rang.

Des cris d'approbation fusèrent dans toute la salle.

Danielle se tourna vers les autres membres du groupe en riant.

— Qu'est-ce que vous en pensez ? On leur crée des problèmes ?

En guise de réponse, Mary Beth secoua sa tête rousse et improvisa un riff sur sa batterie. Puis Caroline et Sue jouèrent l'introduction de leur chanson fétiche. Danielle se retourna vers les spectateurs.

— Vous la voulez ?

Des hurlements enthousiastes accueillirent sa question.

— D'accord, lança-t-elle. Eh bien, vous l'aurez !

Éclat noir de lune électrisa la salle.

— Les rois de Hastings ! chantonnait sans arrêt Billy à la fin du concert. Nous sommes les rois de Hastings !

— J'espère que tu n'as pas l'intention d'en faire un tube, se moqua Caroline. Parce que je te préviens que tu risques d'être déçu.

Billy s'esclaffa.

— Ne t'inquiète pas. Je laisse la composition des chansons à Danielle. J'ai une pêche d'enfer, ajouta-t-il en se dirigeant vers Frank pour l'aider à ranger.

— Et le public donc ! remarqua Mary Beth. Tu as vu comme ils ont réagi ? C'était vraiment top !

— Hé, si on allait se balader ? proposa Billy. Histoire de chercher les ennuis. Je me sens prêt à tout ce soir !

— O.K. ! acquiesça rapidement Frank en ramassant les derniers micros au sol. On met tout ça dans le van et on descend jusqu'au fleuve. Ça vous va ?

Vingt minutes plus tard, tout le matériel était à l'intérieur du camion.

En sortant, Danielle leva les yeux vers le ciel. Les nuages s'étaient en partie dissipés, révélant une lune presque pleine.

— Mmm... Ça fait du bien de marcher dans la nuit après tout ce cirque, soupira Frank à ses côtés.

Il lui entoura les épaules de son bras droit.

— Regarde la lune, elle est magnifique, non ? murmura-t-il.

Danielle se laissa aller contre lui.

— Splendide, acquiesça-t-elle, soudain mal à l'aise.

Ça recommençait ! De nouveau, elle ressentait une impression bizarre. Elle frissonna.

Pas d'autre lune meurtrière.

Les mots s'étaient imposés à son esprit. Elle se mit à trembler violemment.

Oui, c'était ça, elle en était sûre. La lune l'effrayait. La lune qui l'obligeait à commettre certains actes...

— Prêts pour l'aventure ? demanda Billy en refermant la porte coulissante du van.

Danielle se raidit et s'écarta légèrement de Frank.

— Euh... Je crois que je vais rentrer à l'hôtel, annonça-t-elle d'un ton faussement léger.

— Pourquoi ? s'étonna Mary Beth. C'est une nuit idéale pour se promener au bord du fleuve. Je croyais que t'étais trop excitée pour dormir, toi aussi.

— Je le suis, reconnut Danielle, cherchant désespérément une excuse pour s'éclipser.

— Alors viens avec nous, insista Billy.

— Bon, prenez tout votre temps, intervint Sue d'un ton agacé. Moi, je pars devant. On se retrouve au fleuve.

— On arrive, lui lança Frank.

Se tournant vers Danielle, il reprit :

— Ça me ferait vraiment plaisir que tu viennes.

Émue par la chaleur de son regard, elle faillit accepter.

Mais l'éclat maléfique et glacé de la lune l'en empêcha.

Danielle devait absolument s'échapper.

— Désolée, dit-elle, s'efforçant de cacher la panique qui commençait à l'envahir. Mais le début d'une nouvelle chanson commence à me titiller. Si je ne l'écris pas immédiatement, je vais l'oublier.

Son prétexte tenait la route apparemment. Les autres n'insistèrent pas.

Le temps de reprendre sa guitare à l'intérieur du van, et elle s'éloignait vers l'hôtel. Sans prendre la peine d'allumer la lumière, elle se laissa tomber sur son lit, le corps secoué de tremblements.

Elle attendit de se calmer un peu, puis se releva pour aller chercher sa guitare. Jouer était encore le meilleur moyen d'oublier l'affreux malaise qui ne la quittait pas.

Elle se dirigeait vers le placard à côté duquel elle avait posé son étui en entrant quand un raclement de gorge la figea sur place.

Il y avait quelqu'un d'autre dans la pièce !

Une nouvelle petite toux se fit entendre.

Les muscles tendus, Danielle fit un pas en arrière.

Elle poussa un cri étouffé quand la porte du placard s'ouvrit en grinçant. Sue jaillit dans la pièce plongée dans la pénombre.

— Cette fois, tu ne m'échapperas pas, chuchota-t-elle d'une voix aiguë.

13

Arrête-le !

— Sue ! Qu'est-ce que tu fais là ? bredouilla Danielle. Je croyais que tu étais partie vers le fleuve.

— Je suis revenue, commença Sue en allumant le plafonnier. Tu croyais pouvoir m'éviter cette fois encore ? Perdu ! Toi et moi, on va avoir une petite conversation.

— Non ! s'exclama Danielle, terrifiée. Je ne veux pas. Sors d'ici !

Sue fit un pas vers elle.

— Tu dois m'écouter ! répéta-t-elle. Je sais tout pour Joey.

— Je ne comprends rien à ce que tu racontes, fit Danielle paniquée. Laisse-moi tranquille.

Faisant volte-face, elle se précipita vers la porte d'entrée qu'elle ouvrit en grand en criant :

— Fiche le camp !

— Pas avant que nous ayons parlé, insista Sue sans élever la voix.

Dès qu'elle la vit se rapprocher, Danielle pivota pour s'enfuir... et se retrouva nez à nez avec Frank.

— Oh ! Frank ! fit-elle, au bord des larmes, en lui agrippant le bras. Je suis tellement contente de te voir !

Le garçon entra dans la chambre.

— Qu'est-ce qui se passe ? demanda-t-il, les yeux fixés sur Sue. Pourquoi tu n'es pas avec les autres ?

La lueur de colère s'éteignit instantanément dans le regard de la jeune fille.

— Euh... J'étais juste passée souhaiter bonne nuit à Danielle, bredouilla-t-elle. Je m'en vais... A plus tard.

Les yeux baissés, elle passa devant eux et sortit.

Frank se tourna vers Danielle, les sourcils froncés.

— Qu'est-ce qu'elle voulait ? Tu as l'air bouleversée.

— Je le suis. Elle semblait tellement furieuse que j'ai cru qu'elle allait encore essayer de m'étrangler. Elle m'a dit qu'elle savait tout pour Joey.

— Tout quoi ? demanda Frank, sa voix montant brusquement dans les aigus. Qu'est-ce qu'elle voulait dire ?

— Je n'en sais rien. Ou plutôt si. J'imagine qu'elle allait encore m'accuser, comme l'autre jour dans le van.

Danielle s'était remise à trembler. Frank s'approcha d'elle et lui prit la main.

— Calme-toi, dit-il en l'entraînant vers la fenêtre. Sue a été très ébranlée par la mort de Joey, et...

— Je l'avais remarqué, coupa Danielle, amère.

— Justement, tu dois comprendre qu'elle n'est pas dans son état normal. Je suis sûr qu'elle ne pense pas vraiment ce qu'elle dit.

— Je ne sais pas... J'ai toujours cru qu'elle n'aimait pas Joey. En tout cas elle faisait tout pour donner cette impression.

— Certaines personnes cachent leurs sentiments, répondit Frank.

Il attira Danielle contre lui et ajouta doucement :

— Mais pas moi.

La jeune fille lui sourit.

— Tant mieux, murmura-t-elle.

Frank se pencha vers elle et posa ses lèvres sur les siennes. Elle répondit avec fougue à son baiser.

Une brise tiède soulevait les rideaux. Danielle ouvrit les yeux... et frissonna.

La lune projetait ses rayons à travers la vitre, les baignant de sa lumière froide.

Elle referma les paupières, se forçant à ne plus penser qu'à la douceur des lèvres de Frank sur les siennes. Elle se serra un peu plus fort contre lui.

Et soudain, elle entendit le hurlement au-dehors. Un long cri sauvage et désespéré.

Elle tressaillit et se redressa.

Un autre hurlement terrifiant résonna dans le silence de la nuit.

Danielle se couvrit les oreilles.

— Arrête-le. Je t'en prie, Frank, arrête-le ! supplia-t-elle.

Son compagnon la contempla, une expression de surprise sur les traits.

— Que j'arrête *quoi*, Danielle ?

14

Billy mort ?

Frank dévisagea Danielle d'un air soucieux.

— Tu as vraiment entendu quelque chose ?

— Je...

Elle s'arrêta, hésitante. Non, elle ne devait rien dire. Si, après l'avoir mordu jusqu'au sang, elle avouait à Frank qu'elle entendait hurler à la mort, il la croirait folle à lier.

— Euh... un camion probablement. Tu sais, un de

ces monstres qui font vibrer la route. Ça m'a effrayée bêtement.

— Bizarre. Je n'ai rien entendu, répondit son compagnon avec un haussement d'épaules.

Il se rapprocha d'elle.

— Écoute, Frank, tu devrais peut-être rejoindre les autres, reprit Danielle aussi naturellement que possible. Je ne sais pas pourquoi, mais je me sens vidée tout à coup.

Elle lut la déception sur le visage de Frank.

— Tu es sûre que ça va ? s'inquiéta-t-il.

— Pas de problème, le rassura-t-elle en le poussant gentiment vers la porte. Ça me fait vraiment plaisir que tu sois revenu, tu sais.

Frank se pencha pour déposer un baiser sur ses lèvres.

— Moi aussi, murmura-t-il. A demain. Et oublie Sue, d'accord ?

Danielle acquiesça et ferma la porte derrière lui. Frank avait raison : elle allait oublier Sue. Elle avait suffisamment de soucis sans elle !

Ses terribles hallucinations, par exemple.

L'accident de ses parents.

Ces étranges hurlements qu'elle seule entendait.

La lune maléfique...

Danielle tira les rideaux d'un geste sec. Puis elle ôta sa robe rouge et enfila le grand T-shirt qui lui servait de chemise de nuit.

Apparemment, les hurlements avaient cessé. Si elle parvenait à faire le vide dans sa tête, elle s'endormirait peut-être...

Elle se coucha, rabattit les draps sur elle et ferma les yeux.

Les hurlements reprirent.

« Ce n'est qu'une création de ton esprit. Tu dois les ignorer », s'ordonna-t-elle.

Mais ils avaient l'air tellement réels !

Elle enfouit la tête dans l'oreiller, pour ne plus entendre les plaintes angoissantes, et, à bout de forces, finit par sombrer dans un sommeil sans rêve... avant de se réveiller en sursaut peu après deux heures du matin.

Elle se tourna immédiatement vers le lit de Caroline. Il était vide. Pourquoi n'était-elle pas encore rentrée ?

Incapable de rester en place, Danielle se leva avec l'intention d'aller chercher une boisson au distributeur au fond du couloir. Ça l'aiderait peut-être à composer une nouvelle chanson.

Le temps de prendre de la monnaie dans la poche de sa veste et elle sortait de sa chambre.

Elle remarqua immédiatement la masse sombre sur la moquette au milieu du couloir.

Le souffle court, elle s'approcha. Le garçon était allongé, les yeux fermés, la bouche grande ouverte. On aurait pu croire qu'il souriait. Mais aucune fossette ne creusait ses joues.

Billy ne souriait pas.

Billy était mort.

15

Du souci pour Danielle

Oh non, pas Billy ! Pas Billy !

C'était sûrement une autre de ses horribles hallucinations. Elle allait fermer les yeux et quand elle les rouvrirait, il n'y aurait plus personne.

Tremblant de la tête aux pieds, elle ferma les paupières... les rouvrit.

Le corps était toujours là.

Le sang lui martelait les tempes. Elle fit un pas vers Billy, puis un autre.

Le T-shirt jaune du garçon se soulevait et redescendait sur sa poitrine. Il respirait !

Danielle se précipita vers lui et s'agenouilla près de son visage.

Une forte odeur d'alcool lui monta aux narines. C'est alors qu'elle nota la canette dans sa main. De la bière.

— Billy ? appela-t-elle doucement en lui secouant le bras. Billy !

Billy remua légèrement en grognant.

Étrange. Billy ne buvait pas en général. En tout cas pas au point de s'effondrer au beau milieu d'un couloir d'hôtel. Quelle raison avait bien pu le pousser à se saouler ce soir ?

Elle lui secoua de nouveau le bras.

— Billy, réveille-toi !

Il poussa un autre grognement, tourna la tête en grimaçant et ouvrit les yeux.

— Daniellc ? Que... Qu'est-ce qu'il y a ?... Oh ! je me sens mal, gémit-il d'une voix sourde.

— Tu t'es endormi dans le couloir. Viens, je vais te conduire à ta chambre.

Un bras passé sous le sien, elle l'aida à se remettre debout. Il regarda le couloir, les yeux plissés, l'air perplexe. La canette de bière lui échappa et roula sur la moquette.

— C'est pour fêter notre succès que tu as bu autant ce soir ? interrogea Danielle.

Billy secoua la tête.

— J'avais trop de choses en tête.

— Comme quoi ?

Billy ne répondit pas. Danielle le soutint jusqu'à la porte de sa chambre contre laquelle il s'appuya lourdement. Il cligna plusieurs fois des yeux, le regard trouble, puis serra la jeune fille contre lui.

C'était une étreinte douce, amicale, à laquelle Danielle répondit sans la moindre arrière-pensée.

— Tout ça ne te ressemble pas, Billy, murmura-t-elle, sa tête enfouie dans le cou de son compagnon. Si tu me disais ce qui ne va pas.

— J'aimerais bien...

— Qu'est-ce qui t'en empêche ? Ça ne peut pas être si grave.

Billy se raidit et s'écarta d'elle.

— Tu te trompes, lâcha-t-il. C'est pire que tout ce que tu peux imaginer.

— Raison de plus pour en parler, insista Danielle. Je pourrai peut-être t'aider.

— J'aimerais bien, mais...

Le garçon s'interrompit et secoua la tête d'un air accablé.

— C'est impossible, reprit-il finalement. Tu ne peux rien faire. Oublie ce que je t'ai dit, d'accord ?

— Mais...

— Je t'ai dit d'oublier, lança Billy d'un ton sec.

Danielle le regarda, étonnée de la violence de sa réaction.

Tête baissée, il marmonna un « bonne nuit » rapide entre ses dents et disparut dans sa chambre.

La jeune fille resta un instant immobile devant sa porte, perplexe... avant d'être arrachée à ses pensées par de nouveaux hurlements.

Parcourue d'un frisson, glacée, elle regagna rapidement sa chambre et claqua la porte derrière elle en prenant soin de la verrouiller.

« Tout ira mieux demain, se dit-elle pour se rassurer. Demain je serai chez moi, avec tante Margaret. En sécurité. »

— Tu es très silencieuse aujourd'hui, remarqua tante Margaret en essuyant la table après le déjeuner, le lendemain.

— Ouais, on a de la chance, se moqua Cliff.

Il lança sa serviette nouée au visage de sa sœur.

— Très drôle, Cliff ! rétorqua celle-ci.

D'un bond, elle se leva et coinça la serviette dans le dos du petit garçon.

— Idiote ! C'est malin !

Il se tortilla en tous sens pour l'attraper. Agacée, tante Margaret la récupéra pour lui.

— Allez, sors de la cuisine maintenant, ordonna-t-elle en désignant la porte du menton. Va dépenser ton trop-plein d'énergie dans le jardin pendant que je discute avec ta sœur.

Y'a rien à faire dans le jardin, protesta le garçon.

Sa tante soupira.

— On est allé chercher des dizaines de cartons au supermarché hier parce que tu voulais construire un fort. Ne me dis pas que tu as déjà changé d'avis.

— Ah oui ! le fort ! se souvint Cliff. J'y vais.

Il fonça vers la porte en imitant bruyamment une mitraillette.

Danielle porta les assiettes jusqu'au lave-vaisselle. Elle était contente d'être de retour. Elle se sentait bien dans sa maison, et plus encore dans la cuisine, si paisible avec son sol en carrelage crème, sa lourde table de chêne et ses plantes grimpantes au-dessus de l'évier.

— Maintenant, dit tante Margaret en se servant une tasse de café, si tu me disais ce qui te tracasse.

Danielle versa la poudre à laver dans le lave-vaisselle.

— C'est difficile à expliquer, répondit-elle. Je me sens tellement bizarre. Je n'arrête pas d'avoir des hallucinations. Je vois des gens se battre, se massacrer, mourir !

Elle ferma la machine et la mit en route.

— Tu sais, j'adore faire partie de ce groupe et je n'ai pas du tout envie de les laisser tomber. Mais je commence pourtant à me demander si je ne devrais pas tout arrêter.

Tante Margaret fronça les sourcils.

— Allons, Danielle, ce n'est pas ton genre d'abandonner ainsi.

— Je sais. Mais je ne peux pas m'empêcher de penser que les choses s'arrangeront si j'entre à l'université cette année au lieu d'attendre la rentrée prochaine.

Tante Margaret but une gorgée de café, laissant une fine marque vermillon sur le rebord de sa tasse.

— A mon avis, dit-elle, tu devrais te détendre un peu et prendre de la distance. Votre prochain concert est pour quand ?

— Dans deux jours.

— Parfait. Ça te laissera le temps de souffler un peu. Profites-en pour faire la grasse matinée, te balader en ville, aller au cinéma. Tu verras comment tu te sentiras après.

— Mais je sais déjà comment je me sens ! s'énerva Danielle. Angoissée... Pire que ça, même : terrifiée. Plus le temps passe, plus mes hallucinations deviennent atroces. Et puis, je n'arrête pas de penser à maman et à papa.

— Le Dr. Moore ne t'a-t-il pas dit que c'était normal ? demanda sa tante. Qu'il te faudrait du temps pour accepter ce qui s'était passé ?

La jeune fille hocha la tête avec lassitude.

— Si, mais ça prend trop de temps. Ce n'est pas seulement qu'ils me manquent, tante Margaret ; c'est surtout que je n'arrête pas de les voir — de voir la voiture qui bascule dans le ravin... Tu peux me dire pourquoi ? Pourquoi est-ce que je n'arrive pas à chasser cette vision de mon esprit ?

Tante Margaret poussa un long soupir et haussa tristement les épaules.

— Raconte-moi encore comment ça s'est passé, supplia Danielle. Je veux tout savoir jusque dans les moindres détails. Peut-être que si je n'ai plus rien à imaginer, je...

Tante Margaret secoua la tête.

— Ce n'est pas bon de s'appesantir sur tout ça.

— Mais...

— Il n'y a pas de « mais ».

Tante Margaret s'approcha de la jeune fille et la prit par les épaules.

— Écoute, je n'y connais pas grand-chose en psychologie, reconnut-elle, mais ça me paraît évident que ce n'est pas en te racontant encore et encore les circonstances de l'accident de tes parents que tu iras mieux.

Danielle la regarda, dubitative. Elle avait peut-être raison... Mais, de toute évidence, ce n'était pas non plus en évitant d'en parler qu'elle progresserait. Malgré tous ses efforts, elle y pensait continuellement.

— Oh! mais il est affreusement tard! s'écria soudain sa tante. Je dois passer à la poste avant trois heures et j'ai encore tout le linge à plier avant.

— Je peux m'occuper du linge, proposa Danielle.

— Hors de question! Je t'interdis de faire autre chose que de te détendre et t'amuser pendant ces deux jours. Tu verras, c'est un remède miracle, ajouta tante Margaret avec un clin d'œil.

Danielle lui adressa un sourire peu convaincu.

— Si seulement tu avais raison!

— Bien sûr que j'ai raison, ma petite. Au fait, tu ne devais pas aller au cinéma avec Caroline cet après-midi?

La jeune fille acquiesça.

— Parfait. Pourquoi ne te reposerais-tu pas un peu dans le jardin en attendant?

Rejetant ses cheveux teints en arrière d'un mouvement de tête, tante Margaret sortit de la cuisine.

Danielle rinça sa tasse et essuya la table. Le soleil

brillait derrière la fenêtre, mais elle n'avait aucune envie de sortir dans le jardin.

Pas plus que d'aller au cinéma, d'ailleurs.

Caroline comprendrait certainement. Elle savait qu'elle traversait une période difficile.

Après s'être lavé les mains, Danielle se dirigea vers le téléphone mural pour prévenir son amie.

Elle porta l'écouteur à son oreille et entendit la voix de tante Margaret en conversation sur l'autre poste. Elle allait raccrocher quand son nom retint son attention.

— C'est Danielle, disait tante Margaret à son interlocuteur. Je me fais beaucoup de souci pour elle.

Il y eut une pause, puis une autre voix répondit :

— Passez me voir immédiatement. Il faut que nous parlions. Je suis très inquiet, moi aussi.

Danielle contempla le téléphone, abasourdie.

La seconde voix appartenait au Dr. Moore.

16

Un lourd secret

— Venez me voir immédiatement, répéta le Dr. Moore.

— Je serai là dans un quart d'heure, répondit tante Margaret avant de raccrocher.

Danielle reposa lentement le combiné, désorientée.

Elle n'avait jamais pensé que sa tante était en relation avec son psychiatre. Se connaissaient-ils depuis longtemps ? Depuis le début de son traitement ? En tout cas, d'après ce qu'elle venait d'entendre, ce n'était pas leur première conversation.

Et en dépit de leurs affirmations, ils avaient tous deux la certitude que son état s'aggravait.

La jeune fille sursauta en percevant un bruit de talons sur le carrelage de l'entrée. Quand tante Margaret entra dans la cuisine, elle avait la tête dans le réfrigérateur.

— Je croyais t'avoir conseillé de prendre un peu l'air, remarqua sa tante, ses minces sourcils froncés.

— J'y vais, répondit Danielle. Je cherchais juste quelque chose à boire.

Elle attrapa une canette de Coca et se retourna. Son sac à main sous le bras, sa tante avait remis du rouge à lèvres et s'apprêtait à sortir. Danielle lui trouva l'air tendu.

— Tu as déjà plié tout le linge ? demanda-t-elle.

— Le linge attendra. Il y a des soldes de blanc chez Brady et j'aimerais y passer avant que tout le monde ait raflé les bonnes affaires.

— Alors, à tout à l'heure.

— Repose-toi, conseilla une dernière fois tante Margaret par-dessus son épaule avant de disparaître dans le couloir.

Dès qu'elle entendit la porte d'entrée claquer, Danielle se laissa tomber sur une chaise et ferma les yeux pour ne plus voir la pièce tourner autour d'elle.

Sa tante lui avait menti

A la mort de ses parents, tante Margaret avait traversé tout le pays pour venir s'installer auprès d'eux. Elle s'était toujours montrée compréhensive et attentive, et Danielle lui faisait confiance.

Jusqu'à aujourd'hui...

Pourquoi sa tante lui avait-elle caché qu'elle voyait le Dr. Moore?

Lui dissimulait-elle d'autres choses?

Soudain déterminée, Danielle se leva et jeta un coup d'œil par la fenêtre. Cliff jouait près de son fort en carton avec un petit voisin. La maison était à elle.

Elle allait en profiter pour s'assurer que tante Margaret n'avait pas d'autres secrets.

Danielle reposa la boîte de Coca dans le réfrigérateur et monta jusqu'à la chambre de sa tante.

Elle eut une légère hésitation devant la porte close, puis décida qu'elle avait le droit de connaître la vérité et tourna la poignée.

Autrefois, la petite pièce était une chambre d'amis. Danielle avait été touchée par la délicatesse de sa tante qui avait décidé de s'installer là plutôt que dans l'ancienne chambre de ses parents.

Ce souvenir la rassura un peu... mais ne l'empêcha pas d'entreprendre ses recherches.

Elle s'approcha du bureau. Les tiroirs supérieurs étaient remplis de stylos, de gommes, de papier à lettres, de bonbons et pilules divers.

Ceux du dessous contenaient des chemises de couleur où elle ne trouva que des factures, du papier blanc, des recettes découpées dans les journaux et plusieurs articles sur les ordinateurs. Encore une preuve de l'affection de sa tante qui, ayant prévu d'en offrir un à Cliff, tenait à faire le bon choix.

Danielle eut beau éplucher tous les papiers, elle ne trouva rien. Aucun secret.

Rassurée, elle s'apprêtait à replacer les chemises dans le tiroir quand elle remarqua une enveloppe brune au fond. Elle la sortit...

Son cœur fit un bond dans sa poitrine en découvrant une coupure de presse datée du surlendemain de la mort de ses parents.

« Mort mystérieuse d'un couple de Shadyside », annonçait le titre.

Les mains de Danielle se mirent à trembler. Pourquoi « mystérieuse » ? Ses parents étaient morts dans un accident de voiture. Il n'y avait rien de mystérieux là-dedans.

A moins que tante Margaret lui ait encore menti...

Les jambes en coton, Danielle se dirigea vers le rocking-chair. Elle prit une profonde inspiration et commença à lire l'article.

« Les corps d'un couple résidant à Shadyside, Michael et Abigail Verona, ont été retrouvés mercredi à l'aube, au fond d'un ravin, à une vingtaine de kilomètres de la ville, expliquait le journaliste.

» Il semblerait que l'accident soit survenu après qu'une crevaison eut forcé le couple à s'arrêter alors qu'il rentrait chez lui au milieu de la nuit. La suite du drame demeure un mystère pour la police. “A mon avis, ils ont été attaqués par une bête sauvage”, nous a cependant confié l'officier de police qui a découvert les deux corps lacérés de coups de dents et de grifes. »

TROISIÈME PARTIE

17

Il faut que tu quittes le groupe

— Pourquoi ma tante m'a-t-elle caché la vérité? demanda Danielle le lendemain.

— Pour te protéger, Danielle, répondit doucement le Dr. Moore. Elle craignait que tu ne souffres davantage si tu apprenais les détails.

— Peut-être... Mais je ne sais plus que croire maintenant. J'avais tellement confiance en elle.

— Et tu dois continuer à lui faire confiance... commença le Dr. Moore.

— Je comprends qu'elle ne m'ait rien dit sur le moment, coupa la jeune fille. Mais elle aurait pu le faire après. Elle aurait *dû* le faire.

Le psychiatre s'enfonça dans son fauteuil.

— J'ai eu une longue discussion avec ta tante, hier...

— Je sais, l'interrompit Danielle. J'ai décroché par hasard l'autre poste pendant qu'elle vous téléphonait. Pourquoi m'avez-vous caché que vous parliez de moi ensemble depuis tout ce temps?

Le docteur sourit et secoua la tête.

— Parce que c'était la première fois hier. Crois-moi, Danielle, tu dois avoir confiance en ta tante. Si elle m'a appelé, c'est parce qu'elle se fait du souci pour toi.

— Je sais, fit Danielle d'un ton grave. Et vous lui avez répondu que vous vous inquiétiez, vous aussi. Vous devez me dire la vérité, docteur : est-ce que je vais vraiment mal ?

— Je vais être franc, Danielle. Ton état me préoccupe.

L'estomac de la jeune fille se noua. Ainsi, elle ne s'était pas trompée : elle était en train de devenir folle.

— Comme je te l'ai déjà dit, tes hallucinations sont la conséquence normale du traumatisme que tu as subi, poursuivit le psychiatre. Le problème, c'est que plus tu leur accorderas d'importance, plus elles mettront de temps à disparaître. C'est cela qui m'inquiète.

— Vous voulez dire que c'est ma faute si mon état empire.

Le docteur secoua la tête.

— Certainement pas ! répliqua-t-il vivement. S'il y a quelqu'un à blâmer dans cette histoire, c'est uniquement moi. J'étais censé t'aider à vaincre tes peurs, et j'ai échoué... Du moins jusqu'à aujourd'hui, ajouta-t-il avec un sourire confiant.

Danielle fut incapable de lui sourire en retour.

Le Dr. Moore se leva et s'assit sur le bord de son bureau.

— Il faut continuer le travail que nous avons commencé, dit-il. Je veux que tu fasses le vide dans ton esprit et que tu te concentres sur les nombres.

Obéissante, la jeune fille commença son compte à rebours depuis cent. A quatre-vingt-dix, elle se sentait déjà plus détendue.

La voix du psychiatre lui parvint comme dans un brouillard :

— Tu te sens bien, Danielle ? Plus calme ?

— Oui.

— Parfait. Raconte-moi ce que tu vois.

Danielle se tendit de nouveau quand l'image se dessina dans son esprit.

— Sue ! s'exclama-t-elle. Je suis avec Sue !

— Quels sentiments cela déclenche-t-il en toi ?

— De la colère. De la peur. Elle me déteste.

— Pourquoi te déteste-t-elle ?

— Elle est jalouse, répondit Danielle. De ma façon de chanter, mais aussi à cause de Frank. Elle le voudrait pour elle seule.

Son souffle s'accéléra subitement.

— Que se passe-t-il ? s'enquit le docteur.

— Je suis en train de courir, indiqua Danielle, de plus en plus essoufflée.

— Pour t'éloigner de Sue ?

La jeune fille secoua la tête.

— Non, on court sur un terrain. On fait du jogging.

Elle fronça les sourcils.

— Sue accélère... Elle...

— Elle... ?

Danielle haletait.

— Je lui cours après. Je vais la rattraper... Ça y est ! J'arrive à sa hauteur !

— Tu la dépasses ? demanda le Dr. Moore.

— Non ! cria Danielle. Elle me retient par le bras. Elle est folle de rage. Elle veut gagner. Elle est prête à me tuer pour m'empêcher d'arriver la première.

Danielle leva les mains. Ses doigts s'incurvèrent en forme de griffes.

— Mais Sue ne pourra jamais me tuer, siffla-t-elle entre ses dents. Je ne la laisserai pas faire.

Tendue comme un arc, elle respirait de plus en plus vite.

— On est en train de se battre, poursuivit-elle. On roule dans la boue. Sue est très forte, mais je le suis encore plus.

Un grognement rauque s'échappa de ses lèvres.

— Elle me tire les cheveux ! Mais je l'attrape par le cou. Je vais...

Au loin, elle entendit le docteur claquer dans ses doigts. Une fois, deux fois...

Ses bras et ses jambes se détendirent brusquement tandis que la scène de bagarre avec Sue s'effaçait de son esprit. Elle respira plus librement.

— Comment te sens-tu ? demanda le psychiatre.

— Je... je ne sais pas, bredouilla-t-elle. Je suis désolée, ça ne sert pas à grand-chose, docteur. Je ne sais plus quoi faire. J'ai pensé que, peut-être, si je quittais le groupe...

Le Dr. Moore secoua la tête.

— Tu fais ce que tu veux, bien sûr, dit-il. Mais à mon avis tu aurais tort. Chanter dans ce groupe te donne un but, une raison de vivre. C'est l'une des meilleures choses qui pouvait t'arriver en ce moment.

— C'est vrai, reconnut Danielle. Si je n'avais pas ça, je traînerais dans ma chambre à longueur de journée, en me sentant inutile.

— Avec ton talent, ce serait du gâchis, ajouta le docteur avec un clin d'œil complice. Tu verras, Danielle, tout s'arrangera. Je te le promets. Mais pour ça, il faut que nous continuions à nous voir régulièrement.

Danielle acquiesça d'un signe de tête, puis se leva en voyant le psychiatre jeter un coup d'œil à sa montre. La séance était terminée. Dommage ! Elle se sentait tellement en sécurité ici !

— Ton amie t'attend dehors ? demanda le Dr. Moore en la reconduisant à la porte.

— Caroline ? Oui. On doit aller faire les magasins.

— Parfait. Dépenser de l'argent est une bonne thérapie, plaisanta le docteur.

Danielle se força à sourire et lui serra la main. Elle avait à peine franchi la porte que l'angoisse la saisissait de nouveau.

Il fallait absolument qu'elle se reprenne. Elle ne pouvait tout de même pas se cacher dans le cabinet du Dr. Moore jusqu'à la fin de ses jours !

— Caroline, je...

La salle d'attente était vide. Surprise, Danielle se dirigea vers Mrs. Wilkins, la réceptionniste.

— Excusez-moi. Une amie devait m'attendre ici. Elle a des cheveux blonds, longs, un jean et un T-shirt rouge. Vous l'avez vue ?

Les doigts de Mrs. Wilkins cessèrent un instant de pianoter sur son clavier.

— Quand elle est arrivée avec toi, oui, répondit-elle. Mais, j'étais plongée dans mon travail et j'ai bien peur de ne pas l'avoir entendue partir.

Danielle la remercia, puis sortit. Lassée de feuilleter les magazines, Caroline avait dû décider de l'attendre dehors. Elle traversa le parking en direction de la voiture.

— Caroline ? Caroline, tu es là ? J'ai terminé.

Des pas précipités derrière elle lui répondirent. Elle se retourna.

— Carolinc ?

Sue avançait rapidement vers elle, ses yeux d'ambre flamboyant.

— Sue ! Qu'est-ce que tu fiches là ? Où est Caroline ?

Sue continuait à approcher.

— Je veux que tu quittes le groupe, Danielle, lança-t-elle. Tu m'entends ? Je veux que tu partes !

18

La tueuse

— Qu'est-ce que c'est que ce délire ? s'énerva Danielle. Et d'abord où est Caroline ?

Sue s'arrêta.

— Elle a été obligée de partir.

— Partir ? Et ça ? fit Danielle en désignant du menton la voiture de son amie. Elle l'a oubliée peut-être... Tu mens, Sue. Où est-elle ?

— Peu importe, rétorqua Sue en faisant un autre pas vers elle. J'ai à te parler.

Danielle leva les yeux au ciel. Discuter avec Sue était bien la dernière chose dont elle avait envie en ce moment.

— Je n'ai pas le temps ! D'ailleurs...

— Écoute-moi ! coupa Sue d'un ton sans réplique. Du temps, tu risques de ne plus jamais en avoir si tu ne quittes pas immédiatement le groupe.

Danielle s'adossa à la voiture de Caroline et croisa les bras sur sa poitrine.

— Sue, commença-t-elle, dangereusement calme, il faut que tu te fasses une raison : je n'ai pas l'intention de quitter le groupe pour te faire plaisir. Je regrette pour toi que tu ne sois plus la seule chanteuse. Comme je regrette que tu sois jalouse de ce qui se passe entre Frank et moi. Franchement. Mais le docteur est formel : le groupe est ce qui m'est arrivé de mieux ces derniers temps, et...

— Va-t'en ! cria Sue. Va-t'en avant qu'il ne soit trop tard !

Danielle se raidit, exaspérée. Ses poings se fermèrent, elle sentit la rage monter en elle.

Que se passait-il ? Elle n'arrivait plus à se contrôler.

Avec un grognement bestial, elle se jeta sur Sue. Ses doigts se refermèrent autour de sa gorge.

Sue poussa un cri et se débattit. Elle agrippa Danielle par les cheveux et tira de toutes ses forces.

Danielle hurla de douleur, mais ne lâcha pas prise. Déjà, Sue suffoquait. Elle chancela et s'effondra sur le sol. Son visage heurta durement les graviers du parking. Une goutte de sang perla sur sa peau brune.

Son odeur âcre emplit les narines de Danielle. Soudain, elle eut envie de le goûter. De se repaître de ce liquide épais et salé.

Elle s'entendit pousser un nouveau grognement, puis hurla à la mort.

Comme une bête sauvage.

Les lèvres retroussées sur ses dents, elle sentit ses doigts se crisper sur la gorge de Sue.

Exactement comme dans ses fantasmes.

Mais cette fois il ne s'agissait plus d'une hallucination.

C'était la réalité, elle le savait. Comme elle savait qu'elle allait tuer Sue.

19

Assoiffée

Le sang.

L'odeur du sang.

Je dois y goûter. Maintenant !

Avec un grondement rauque, Danielle se pencha sur Sue.

Terrorisée, Sue se débattit violemment, donnant des coups de pied, de genou...

— Sue ! Danny ! Arrêtez !

Danielle s'immobilisa, surprise par les cris de Caroline. Sue en profita pour la renverser sur le dos.

« Il faut que je le boive. Je dois goûter son sang », se répétait Danielle tout en continuant à lutter.

— Mais arrêtez ! hurla Caroline. Vous êtes dingues ou quoi ? Vous voulez vous massacrer.

Soudain, le poids sur la poitrine de Danielle s'allégea. Caroline venait d'agripper Sue par son T-shirt et la tirait en arrière. Danielle bondit sur ses pieds.

— Qu'est-ce qui vous prend ? demanda Caroline, ses yeux bleus écarquillés d'effroi et de colère. Qu'est-ce qui s'est passé ?

— C'est elle ! cria Sue, hystérique. Je voulais lui parler et elle s'est jetée sur moi comme... comme je ne sais pas quoi.

« Comme une bête sauvage », pensa Danielle, haletante. Pliée en deux, les mains sur les genoux, elle tentait de reprendre son souffle.

Caroline fixa Sue, ses yeux réduits à deux fentes claires.

— Je croyais que tu devais laisser Danny tranquille, fit-elle. Qu'est-ce que tu lui as dit ?

— Rien, marmonna Sue en contemplant ses baskets. Rien du tout.

D'un geste vif, elle se dégagea et partit en courant. Caroline la suivit des yeux jusqu'au bout du parking, puis se tourna vers Danielle.

— Eh bien, vous pouvez vous vanter de m'avoir fiché la trouille de ma vie, toutes les deux, dit-elle. Ça va mieux ?

Danielle hocha la tête.

— Où... étais-tu passée ? demanda-t-elle, encore essoufflée.

— J'en avais assez d'attendre, alors je suis partie faire un tour jusqu'à la rivière, expliqua son amie.

Elle glissa un bras autour de ses épaules et ajouta, inquiète :

— Tu es sûre que ça va ? Qu'est-ce que Sue t'a raconté pour te mettre dans un état pareil ?

— Elle veut que je quitte le groupe. Ça m'a mise hors de moi. Je ne sais pas ce qui m'a pris. Je me suis jetée sur elle, je n'arrivais plus à me contrôler, fit Danielle d'une voix tremblante.

— Calme-toi, l'exhorta Caroline. Ce n'est pas si grave, après tout. Un accès de colère, ça peut arriver à tout le monde.

— Un accès de colère ? répéta Danielle. C'était pire que de la colère, je t'assure. Je... J'ai voulu la tuer.

— Ouais. Entre nous, je te comprends. Elle n'a pas

à te dire de quitter le groupe. Surtout qu'elle est supposée...

Caroline se mordit la lèvre, embarrassée.

— Supposée quoi ?

— Faire ce qui est dans l'intérêt du groupe, acheva rapidement Caroline. Sue perd les pédales.

— Non, tu ne comprends pas, rectifia Danielle. C'est *moi* qui perds les pédales. J'ai vraiment essayé de la tuer. La vue du sang m'a rendue complètement folle. C'est affreux, Caroline ! Qu'est-ce qui ne va pas dans ma tête ?

— Tout va bien dans ta tête, affirma Caroline d'une voix apaisante. Tu as besoin de te calmer, c'est tout.

Caroline pressa gentiment l'épaule de son amie.

— On laisse tomber le shopping pour aujourd'hui, ajouta-t-elle. Allez, viens. Je te raccompagne chez toi.

Danielle monta dans la voiture comme un automate. Pourquoi Caroline refusait-elle d'admettre qu'elle était en train de devenir cinglée ?

Elle lui jeta un coup d'œil. Son amie semblait tendue. Elle se mordillait nerveusement les lèvres et les jointures de ses doigts étaient blanches à force de serrer le volant.

A cet instant, Danielle sut que Caroline mentait. Et qu'elle avait peur.

— Je vais t'avoir. Tu es fichue !

Danielle s'aplatit au sol en retenant son souffle.

Pas un bruit. Où était-il ?

Elle entendit des raclements sur le sol. Des pas. Une respiration rapide. Elle resta immobile.

La respiration devint plus forte, les pas plus proches.

Finalement, une tête blonde surgit de l'autre côté du fort en carton.

Danielle brandit triomphalement son pistolet à eau.

— Touché ! cria-t-elle en arrosant son frère.

Cliff tomba à genoux, la bouche grande ouverte pour happer le jet. Pliée en deux de rire, Danielle pressa la détente jusqu'à ce que le réservoir soit vide.

C'était tellement bon de jouer comme une gamine après l'horrible scène de la veille !

— Comment tu as su que j'arrivais ? demanda Cliff, le visage et le T-shirt trempés.

— Tu marches aussi discrètement qu'un éléphant, répondit Danielle en remplissant son pistolet au robinet du jardin. Et on t'entend respirer à des kilomètres.

Cliff grimaça.

— On dirait tante Margaret, se plaignit-il. Elle me dit toujours que je vais finir par avaler une mouche à force de respirer la bouche ouverte.

— Dans ce cas-là, ferme-la, conseilla Danielle.

— Ouais, d'accord, fit le garçon.

Il lui arrosa le bras.

— Viens ! On recommence. Et cette fois, c'est moi qui vais gagner.

Ils partirent dans des directions opposées. Danielle se cacha à proximité du fort en carton qui commençait à ramollir.

— Hé, Cliff ! appela-t-elle. Ton fort va s'effondrer si on continue à l'arroser. Tu devrais peut-être en construire un autre en bois.

Cliff cria une réponse inaudible. L'astuce était infaillible. Maintenant, elle savait où il était.

Amusée, elle longea le fort, courut jusqu'au coin de

la maison et avança vers un buisson. Son petit frère était allongé sous les branches.

— Encore touché ! s'exclama-t-elle en tirant.

— Pouce ! l'arrêta Cliff. Je me suis fait mal.

Danielle fit la moue.

— Trop facile, Cliff.

— Je te jure ! Je me suis égratigné en me cachant. Regarde.

Il se redressa et montra son avant-bras. Du sang s'écoulait d'une coupure de deux ou trois centimètres à hauteur du poignet. Danielle l'examina, puis lui prit le bras.

— Eh, qu'est-ce que tu fais ? demanda-t-il en la voyant le porter à sa bouche.

Il tenta de se dégager, mais sa sœur resserra sa prise.

— Arrête ! C'est dégoûtant ! cria-t-il.

Elle entendit à peine ses protestations, ses sens saturés par l'odeur du sang. Un sang rouge vif, épais, vivant.

Elle appliqua ses lèvres sur la coupure et aspira goulûment.

20

Une visite nocturne

Cette nuit-là, Danielle ouvrit les rideaux de sa chambre pour contempler le jardin.

La lune basse et ronde nimbait les arbres d'une

lumière argentée. Masse sombre dans la clarté lunaire, le fort de Cliff paraissait presque menaçant.

Danielle se détourna de la fenêtre en soupirant.

Elle ne comprenait pas ce qui lui avait pris. Avait-elle vraiment bu le sang de Cliff ?

Bouleversée à ce souvenir, elle se força à penser à autre chose. Peut-être devrait-elle essayer de composer une nouvelle chanson pour se changer les idées...

Elle s'assit sur son lit, les pieds sur le rebord de la fenêtre, et ferma les yeux dans l'attente des mots et des images. Elle aimait travailler de cette manière, sans guitare, juste en s'abandonnant à l'inspiration.

Lentement, les premières paroles s'imposèrent à elle.

Debout à la fenêtre
Je hurle à la lune
Un long cri d'amour
Qu'elle te portera

Je hurle mon amour
Pour que de ma tanière
Ce long cri sauvage
Vienne jusqu'à toi

Comme ces paroles étaient bizarres ! Je hurle mon amour ? Ma tanière ?

Un petit frisson la parcourut. Pourquoi écrivait-elle ce genre de choses ? Dans ses dernières chansons, il n'était question que de lune, de hurlements, de meurtre.

La jeune fille ouvrit les yeux et se redressa. Dehors, la lune brillait d'un éclat violent. Elle tendit un bras vers le rideau. Et s'arrêta au milieu de son geste.

Cette ombre sur le fort de Cliff, elle ne l'avait pas remarquée auparavant...

L'ombre glissa le long de la paroi de carton, se dressa dans la lumière blafarde, et leva la tête vers la fenêtre de sa chambre.

21

Une mauvaise nouvelle

Danielle recula dans l'ombre le souffle court. Elle hésita un instant puis risqua de nouveau un regard, cachée derrière le rideau.

Son inquiétant visiteur n'avait pas bougé. La lune l'éclairait en plein visage. Un immense soulagement l'envahit en le reconnaissant.

Elle se pencha à la fenêtre.

— Billy ! appela-t-elle doucement. Qu'est-ce que tu... ? Attends ! J'arrive.

Craignant de réveiller sa tante et son frère, elle descendit l'escalier sur la pointe des pieds. Elle passa par la cuisine et ouvrit la porte donnant sur le jardin. Billy s'encadra dans l'ouverture, les mains enfoncées dans les poches de sa veste, le regard anxieux.

— Qu'est-ce qui se passe ? demanda Danielle. On n'a pas idée d'arriver comme ça en pleine nuit. J'ai eu une de ces frousses !

— Désolé, je...

Billy détourna son regard.

— J'avais l'intention de sonner, mais comme tout était éteint, j'ai eu peur de réveiller ta tante.

— Qu'est-ce que tu veux ?

— Euh... rien de particulier, répondit Billy en lui lançant un regard furtif. Ça va aller pour le concert de demain soir ?

Danielle le contempla, interdite. Billy ne s'était quand même pas introduit chez elle en pleine nuit dans le seul but de lui demander si elle était prête pour le prochain spectacle !

— Billy...

— C'est quand même mieux que ça se passe à Shadyside, hein ? coupa-t-il. Pas de bagages à préparer, pas de route à faire, pas d'hôtels minables.

— Oui, acquiesça Danielle en le dévisageant avec perplexité.

Un léger tic déformait sa bouche. Qu'est-ce qui le rendait aussi nerveux ?

— Je suis drôlement content de jouer dans ma ville, reprit-il, faussement enjoué. Le propriétaire de la salle m'a dit que c'était déjà complet.

— Super !

Billy se racla la gorge, retira les mains de ses poches, puis les remit aussitôt, sans cesser de fixer ses pieds.

— Qu'est-ce qu'il y a, Billy ? demanda Danielle. Tu as l'air sur les nerfs.

Billy leva lentement les yeux sur elle. Danielle eut un mouvement de recul. Ses yeux ! Ses pupilles dilatées reflétaient un désespoir absolu.

Il s'humecta les lèvres et fit un pas vers elle. Elle recula.

— Danielle, j'ai...

— Quoi ? cria presque Danielle.

Elle recula encore et se cogna dans une chaise.

— Vas-y, parle !
Billy continua à se rapprocher.
— J'ai une mauvaise nouvelle à t'annoncer, chuchota-t-il. Une très mauvaise nouvelle.

22

La chasse

Danielle contourna la chaise et jeta un coup d'œil vers le couloir. Elle n'avait qu'une envie : s'enfuir à toutes jambes.
— Une mauvaise nouvelle, répéta-t-elle d'une voix étranglée.
— Il s'agit de Sue, répondit Billy.
Danielle s'immobilisa.
— Sue ? Qu'est-ce qui lui est arrivé ?
— Elle quitte le groupe.
La jeune fille le regarda, médusée.
— Sue ? Quitter le groupe ?
Billy hocha la tête.
— Je l'aurais retenue si j'avais pu, mais elle ne l'a pas dit en face. Elle s'est contentée de déposer un mot dans ma boîte.
— Elle t'a donné la raison de son départ ?
— Pas vraiment, répondit Billy. Elle m'a simplement écrit qu'elle ne supportait plus ce qui se passait.
— C'est à cause de moi, déclara Danielle. J'en suis sûre. Elle ne m'a jamais acceptée, et...
— Non, ce n'est pas ta faute ! coupa Billy en se rapprochant. J'en suis certain.

— Alors, pourquoi ? fit Danielle.

Au fond, elle se sentait soulagée. Elle n'aurait plus à supporter le regard haineux de Sue à chaque répétition !

— Je... commença Billy avant de s'arrêter et de se racler la gorge, mal à l'aise. Peu importe, reprit-il. Écoute, je crois que je ferais mieux de partir, maintenant. Désolé de t'avoir effrayée. A demain à la répète...

Il lui fit un petit signe de la main et sortit dans le jardin.

Danielle se rua sur la porte et la ferma à double tour. Elle tremblait de la tête aux pieds. Billy lui avait paru si bizarre. Il lui cachait quelque chose, elle le sentait. Il n'était pas venu uniquement pour l'informer du départ de Sue. Il y avait autre chose. Mais quoi ?

Une fois dans sa chambre, Danielle tira le rideau et s'assit sur son lit. Elle était bien trop énervée pour composer une chanson maintenant.

Elle se mit à faire les cent pas dans sa chambre. Elle se sentait tendue, angoissée... Il fallait absolument qu'elle parle à quelqu'un.

Elle décrocha le combiné à côté de son lit et hésita. Qui pouvait-elle appeler à une heure aussi tardive ?

Caroline ?

Non.

Elle songea au regard transparent et au sourire chaleureux de Frank.

Frank vivait seul dans une caravane au nord de la ville, elle ne risquait donc pas de réveiller ses parents. Et surtout, elle avait très envie de lui parler. De le voir même, s'il acceptait de venir...

Il décrocha à la première sonnerie.
— Frank ?
— Danielle ? Hé, c'est sympa d'appeler !
La jeune fille sourit, heureuse d'entendre sa voix.
— Quoi de neuf ? reprit-il.
— Rien. J'avais juste envie de parler à quelqu'un... A toi, je veux dire.
— C'est pas désagréable à entendre, avoua-t-il en riant.
Il fit une pause avant de poursuivre :
— Tu n'as pas l'air dans ton assiette, Danielle. Quelque chose ne va pas ?
— Non... Enfin, si. Je ne sais pas... Billy est passé me voir tout à l'heure. Il vient de partir.
— Qu'est-ce qu'il te voulait ? s'étonna Frank.
— Je l'ignore, répondit Danielle. Il m'a annoncé le départ de Sue.
— Oui, je sais. Il m'a appelé en début de soirée pour me l'annoncer. Nous prévenir la veille d'un concert ! Sue se fiche vraiment du monde.
— Billy t'a dit qu'elle lui avait écrit une lettre ?
— Ouais. Il me l'a lue. N'empêche que j'ai du mal à comprendre ses raisons.
Frank soupira avant de continuer :
— Tu m'as dit que tu ignorais ce que Billy te voulait. Qu'est-ce que tu entendais par là ?
— Je ne sais pas. Il m'a juste parlé de Sue, mais j'ai eu l'impression qu'il y avait autre chose, dit Danielle avec un léger frisson au souvenir de cette visite. Il avait l'air très secoué.
— Tu sais, il a pas mal de soucis, répondit Frank. Surtout maintenant que Sue nous a laissés tomber. Mais, ne t'inquiète pas, c'est vraiment un type sympa.

Jusqu'à cette nuit, Danielle n'en avait jamais douté, mais tout à coup, elle n'en était plus si sûre. L'attitude de Billy l'avait profondément troublée.

— Danielle ? Tu es toujours là ?

— Oui. Je... je réfléchissais.

— Tu ferais mieux de te détendre, conseilla Frank. Tu veux que je vienne ?

— Ça ne t'ennuie pas ? Il est tard...

— Tu plaisantes ? coupa Frank. Tu sais bien que je suis un oiseau de nuit.

— Génial ! Ça me fait vraiment plaisir. Mais ne sonne pas, tu risquerais de réveiller ma tante. Je t'attendrai devant la maison, et nous irons nous promener.

— Je serai là dans dix minutes, promit Frank avant de raccrocher.

Huit minutes plus tard, Danielle sortait de la maison. Elle s'était coiffée, changée et légèrement maquillée.

Frank arriva un instant plus tard, prenant soin de couper le moteur de sa Mustang blanche avant le virage pour ne pas faire de bruit.

— Je te trouve super, ce soir, murmura-t-il dès qu'il fut près d'elle.

Elle lui sourit, soudain détendue.

— Merci.

Frank lui prit la main et ils s'éloignèrent en silence dans la rue. Au-dessus d'eux, la lune apparaissait et disparaissait entre les nuages.

Danielle leva son visage vers elle, presque étonnée de ne pas ressentir de malaise. Visiblement, la présence de Frank la rassurait. Avec lui, elle se sentait parfaitement bien.

Comme s'il avait lu dans ses pensées, Frank remarqua :

— Tu as l'air moins nerveuse que tout à l'heure au téléphone. Tu veux parler de la visite de Billy ?

Danielle secoua la tête.

— Ça te ferait peut-être du bien, insista Frank.

— Je sais... Mais je n'ai pas envie d'y penser pour l'instant.

Frank lui lâcha la main et l'attira contre lui. Elle posa la tête sur son épaule et regarda de nouveau la lune. Soudain, une bouffée d'énergie l'envahit et elle se dégagea vivement en déclarant :

— Tu sais ce que j'aimerais faire ? Courir ! Viens, faisons la course !

Sans attendre sa réponse, elle s'élança dans Fear Street. Frank l'appela, mais elle ne se retourna pas.

— Hé, Danielle ! l'entendit-elle crier derrière elle. Tu vas trop vite ! Attends-moi !

— Essaie de m'attraper ! lança-t-elle en riant.

Elle accéléra encore, enivrée par la sensation du vent sur son visage et dans ses cheveux. Son cœur battait à grands coups dans sa poitrine, ses pieds touchaient à peine le sol.

« Plus vite ! se dit-elle à elle-même. Plus vite ! »

— Danielle !

La voix de Frank n'était plus qu'un murmure dans son dos. Il ne la rattraperait jamais.

Un instant, elle se demanda pourquoi elle courait ainsi dans la nuit, puis elle oublia la question. Elle se sentait incroyablement vivante, sauvage.

Sauvage comme un animal.

Le vent sifflait à ses oreilles. Un parfum fit frémir ses narines. Ses yeux se rétrécirent et elle s'arrêta brusquement, tous les sens en alerte.

Il y avait un animal tout près. Elle le flairait, elle entendait les coups sourds de son petit cœur affolé dans sa poitrine.

Il se cachait dans le jardin de la maison sur sa droite.

Un lièvre, bien dodu.

Danielle se mit à saliver. Un simple coup de dents et elle transpercerait sa chair. Silencieuse et rapide, elle bondit par-dessus la haie basse. Le lièvre se figea sur place un court instant, puis s'enfuit à toute allure.

Tête baissée, Danielle se lança à sa poursuite. Elle allait le rattraper, elle le savait.

Le goût de son sang emplissait déjà sa bouche.

23

Une surprise au fond de la malle

— Hé, ça suffit !

Le ton tranchant de Billy interrompit net les bavardages.

— Au cas où vous l'auriez oublié, on donne un concert ce soir. Il faut le dire si vous préférez prendre le thé au lieu de répéter !

Mary Beth grimaça.

— On vient de répéter pendant deux heures, Billy. Pour l'instant, on fait une pause. Détends-toi un peu.

— Ah ! Parce que tu appelles ça répéter ! riposta Billy. Personnellement, je trouve que vous êtes tout juste bons à animer les goûters d'anniversaire. Mais si ça vous suffit...

La mine renfrognée, il regarda sa montre avant d'ajouter :

— Cinq minutes ! Pas une de plus !

— Waouh ! murmura Caroline à l'adresse de Danielle. Il n'est pas à prendre avec des pincettes aujourd'hui. Tu sais ce qu'il a ?

Son amie secoua la tête. Non, elle ne le savait pas. En revanche, elle était certaine que c'était le même problème qui l'avait poussé à lui rendre visite la nuit précédente... et qu'il ne l'avait toujours pas résolu.

— J'aimerais bien qu'il se calme un peu, grommela Mary Beth. Il va finir par gâcher tout notre plaisir avec sa mauvaise humeur.

Danielle acquiesça silencieusement. Depuis des mois le groupe se réjouissait à l'idée de jouer à Shadyside, et particulièrement au Géant rouge, la plus grande discothèque de la ville. Les deux cents places étaient déjà vendues. C'était peut-être le début du succès...

Ils étaient arrivés gonflés à bloc à la répétition, mais l'humeur massacrante de Billy avait eu raison de leur enthousiasme.

Qu'est-ce qui lui arrivait ?

Une voix grave et profonde tira Danielle de ses pensées.

— Rassure-moi, Danielle. Billy n'est pas toujours comme ça ?

Shawna Davidson rejeta ses cheveux bruns en arrière. Quand Frank lui avait proposé le matin même de remplacer Sue au pied levé, elle avait immédiatement accepté, trop contente de faire partie de Lune noire. C'était une grande fille mince, facile à vivre et pleine d'humour. Danielle se demanda si l'attitude de Billy n'allait pas lui faire regretter sa décision.

— Je le trouve dur; ce que j'ai entendu ce matin m'a paru plutôt bon, continua-t-elle.

— Ne t'inquiète pas, Billy n'est pas toujours comme ça, assura Danielle. Je ne sais pas ce qu'il a en ce moment, mais je suis sûre que ça n'a rien à voir avec nous.

Shawna regarda sa montre.

— Plus que trois minutes, annonça-t-elle avec un clin d'œil. On ferait bien d'y aller...

Danielle se tourna et trébucha sur Frank, agenouillé devant l'un des amplis.

— Super ! De l'aide ! fit celui-ci en lui souriant. Tu veux bien me tenir ce câble ?

Danielle prit le câble qu'il lui tendait. Leurs doigts se frôlèrent. Elle retira rapidement sa main.

Frank leva vers elle un regard interrogateur.

— J'ai dit quelque chose qu'il ne fallait pas ?

— Pardon ?

Frank coupa l'extrémité du câble et se redressa.

— Tu as reculé quand je t'ai touché la main, expliqua-t-il. Et cette nuit tu t'es enfuie subitement. Je pensais que j'avais peut-être eu une parole ou un geste malheureux.

— Pas du tout, rétorqua Danielle. D'ailleurs, je ne me suis pas « enfuie ». J'avais juste envie de... courir.

Étrange... Elle se souvenait bien d'avoir couru, mais ne parvenait pas à se rappeler où ni pourquoi.

Elle laissa échapper un rire nerveux.

— J'imagine que j'étais sur les nerfs à cause de Billy, poursuivit-elle. Il avait l'air tellement bizarre.

— Ouais, acquiesça Frank avec une grimace. J'aimerais bien savoir ce qui le tracasse.

Danielle aussi aurait aimé le savoir. C'était en rapport avec Sue, elle l'aurait juré. Était-il furieux parce qu'elle les avait laissés tomber au dernier moment ?

— O.K., les gars, assez rigolé, cria Billy en traversant rapidement la scène. Au boulot !

Chacun ramassa son instrument et regagna sa place.

Ce matin, à son réveil, Danielle avait modifié les paroles de la chanson qu'elle avait écrite pendant la nuit, puis composé la musique. Elle joua l'introduction et chanta :

Debout à la fenêtre
Je regarde la lune
Je lui crie mon amour
Qu'elle le porte jusqu'à toi.

Shawna se joignit à elle pour le refrain.

Je hurle mon amour
Pour que de ma maison
Ce long cri vibrant
Parvienne jusqu'à toi

Leurs voix se mêlaient harmonieusement : celle de Danielle haute et claire au-dessus de la plainte grave et gutturale de Shawna.

Danielle était très satisfaite, mais Mary Beth fit la moue.

— C'est trop sage, critiqua-t-elle. Il faudrait quelque chose de plus violent.

Danielle s'esclaffa.

— Tu ne dirais pas ça si j'avais conservé les paroles d'origine, dit-elle. Je hurlais à la lune au lieu de la regarder, ma « maison » était ma tanière, et mon « cri vibrant », un cri sauvage.

Le regard vert de Mary Beth brilla.

— Voilà ! C'est ça ! s'écria-t-elle. Tu peux nous chanter la première version ?

Danielle s'exécuta un peu à contrecœur. Les paroles originales la mettaient toujours mal à l'aise, mais apparemment ce n'était pas le cas de tout le monde. Dès la fin de la chanson Caroline et Mary Beth applaudirent, et Frank la félicita de son pouce levé. Même Billy parut oublier un instant sa mauvaise humeur pour approuver d'un signe de tête.

Ils répétèrent plusieurs fois cette chanson, puis passèrent aux anciennes en terminant par *Éclat noir de lune*.

— Shadyside, prépare-toi à trembler ! s'écria Caroline, surexcitée, à la fin de la répétition. Ça va chauffer !

— Super, Shawna ! lança Mary Beth à la nouvelle chanteuse. Grâce à toi, on est encore meilleurs.

Billy ne fit aucun commentaire.

— Le concert commence à neuf heures, annonça-t-il. Je veux tout le monde ici à huit heures.

Deux heures et demie. Cela laissait largement le temps à Danielle de rentrer dîner chez elle, peut-être même de dormir un peu... Mais, avant tout, elle voulait parler à Billy.

Elle lui courut après alors qu'il s'apprêtait à sortir.

— Billy ?

Il se retourna, l'air agacé.

— Euh... Je sais que tu as plein de soucis en tête avec ce concert, commença Danielle, mal à l'aise. Mais... Écoute, on se demande tous ce qui t'arrive. Tu as été odieux pendant la répétition. Et cette nuit...

Billy la dévisagea d'un air furieux, puis, sans lui laisser le temps d'achever, il se détourna et la planta là sans un mot.

Danielle arriva au Géant rouge quelques minutes avant huit heures. Billy et Frank, près des coulisses, discutaient avec animation. Caroline et Mary Beth répétaient une introduction.

— Salut ! lança-t-elle en traversant la piste de danse. Moi qui croyais être en avance...

Frank, Mary Beth et Caroline lui sourirent. Billy lui lança un coup d'œil glacial et se détourna en demandant :

— Quelqu'un a vu Shawna ?

La porte d'entrée claqua et une voix répondit :

— Je suis là !

— Parfait, fit Billy. Caroline et Mary Beth voulaient répéter un morceau avec toi.

— Pas de problème. Le temps d'aller à l'étage prendre ma basse et j'arrive.

— Je te la rapporte, proposa Danielle.

Elle leva sa robe rouge enveloppée d'un film plastique.

— Je dois monter ça.

— Merci, répondit Shawna. Elle est dans la grande malle.

Hormis deux loges minuscules, l'étage mansardé du Géant rouge comprenait une grande salle encombrée de câbles électriques, de projecteurs et de matériel divers.

Danielle suspendit sa robe dans la penderie de l'une des loges, puis se dirigea vers le coin où étaient entreposées les affaires du groupe.

« La grande malle », avait dit Shawna. Dans la faible lueur d'une ampoule électrique, Danielle découvrit trois malles plus grosses que les autres. Une couche de poussière recouvrait deux d'entre elles. Logiquement, la basse de Shawna devait se trouver dans la troisième.

Elle était renversée sur le côté, les serrures face au plafond. Des cartons remplis de spots et une pile de chaises en barraient l'accès. Danielle essaya de tirer la malle vers elle. Il faisait une chaleur étouffante sous les toits ! Des gouttes de sueur lui piquaient les yeux.

Et cette satanée malle qui ne bougeait pas d'un pouce !

Shawna avait dû y mettre une tonne de briques en plus de sa basse pour qu'elle soit si lourde !

Danielle décida de s'attaquer aux cartons. Elle parvint finalement à se frayer un passage jusqu'à la malle, dont elle ouvrit le couvercle.

Ses yeux s'écarquillèrent d'horreur.

Le corps de Sue tomba lourdement sur ses pieds. Sanguinolent et lacéré.

24

Le secret de Billy

Le sang éclaboussa les sandales de Danielle.

Elle bondit en arrière, une main plaquée sur la bouche. Muette de terreur.

Le T-shirt et le jean de Sue étaient en lambeaux. De longues griffures couvraient ses bras et son cou.

Danielle recula en titubant. Elle heurta un micro sur pied qui s'effondra bruyamment. Elle l'entendit à peine. Ses oreilles bourdonnaient, le sang battait ses tempes.

Elle ferma les yeux, les rouvrit. Sue gisait toujours devant elle, exactement comme dans ses fantasmes.

La gorge sèche, Danielle vit en un éclair la scène du parking. Lorsqu'elle avait tenté de l'étrangler. Elle avait voulu la tuer !

Et maintenant, Sue était étendue à ses pieds, méconnaissable. Comme Joey.

Danielle frissonna. Était-il possible qu'elle l'ait tuée ? Qu'elle les ait tués tous les deux ?

Elle secoua vigoureusement la tête. Non ! Bien sûr que non ! Elle n'était pas un assassin !

... Même si elle n'arrivait pas à se souvenir de ce qui s'était passé cette nuit-là, dans le parc, avec Joey.

Ni avec Sue...

Le Dr. Moore avait été formel : elle ne mettrait jamais en pratique ses fantasmes de violence.

Et s'il se trompait ?

Danielle sentit qu'elle suffoquait.

Elle devait sortir d'ici au plus vite.

Elle trébucha sur le micro et tomba. Une douleur vive lui transperça le genou, mais elle l'ignora. Elle se releva rapidement et s'élança dans le couloir sombre.

Quelqu'un l'attendait en haut des escaliers. Elle se figea.

— Billy !

Le garçon la fixait en silence.

Elle le dévisagea, pensées et souvenirs se bousculant dans sa tête. Billy, si nerveux, la veille lorsqu'il était venu lui annoncer le départ de Sue. Si nerveux qu'il l'avait effrayée.

Billy, l'assassin de Sue ?

Mais pourquoi ?

Elle vit ses yeux se rétrécir. Il savait que Danielle avait découvert le corps de Sue !

Elle devait fuir, chercher de l'aide.

Mais Billy lui bloquait le passage.

— Laisse-moi passer ! ordonna-t-elle d'une voix suraiguë.

Billy continua à la fixer, immobile.

— Pousse-toi ! hurla-t-elle, au bord de l'hystérie. Laisse-moi sortir de là !

— Désolé, Danielle, répondit-il en avançant vers elle. Mais, c'est impossible. Je ne peux pas te laisser partir, maintenant.

25

Un hurlement dans les bois

Une vague de panique submergea Danielle. Elle était piégée. Elle n'avait aucune chance de lui échapper.

Soudain, la rage remplaça la peur. Elle affronta Billy, déterminée. Qu'il le veuille ou non, elle sortirait d'ici. De toute façon, elle n'avait plus rien à perdre !

— Danielle...

— Non !

Avec un grognement, elle chargea. Il tendit les bras au moment où elle le percutait.

La main de Billy se referma sur son poignet. D'un mouvement vif, elle fit volte-face et lui envoya son poing en plein visage. Il poussa un cri de douleur et lâcha prise.

Danielle le poussa de côté et dévala l'escalier.

L'une de ses sandales se coinça dans le rebord métallique d'une marche. Elle se retint *in extremis* à la rampe en criant.

— Danielle ! s'exclama Caroline, levant la tête vers elle. Fais attention. Tu vas tomber !

Danielle entendait déjà le pas lourd de Billy derrière elle. Il se rapprochait ! Elle abandonna sa sandale, se débarrassa de l'autre et sauta par-dessus les trois dernières marches. Puis, tête baissée, elle fonça vers la sortie sous les regards ébahis de Frank et de Shawna. Les exclamations de surprise de Caroline et de Mary Beth résonnèrent dans son dos.

Les mains en avant, elle ouvrit brutalement la porte et sortit dans la nuit.

Elle se précipitait vers sa voiture quand elle se souvint qu'elle n'avait pas la clé sur elle. Elle pivota alors vers la sortie du parking et traversa la rue. Il y eut une cacophonie de crissements de freins, de coups de klaxon, de cris outrés...

— Elle s'en va ! Arrêtez-la ! cria quelqu'un dans son dos.

Les poumons brûlants, Danielle accéléra.

La lune pleine brillait d'un éclat inquiétant et glacé au-dessus d'elle.

Danielle quitta la route et s'enfonça dans la forêt obscure. Les voix faiblirent derrière elle.

Elle continua sa course folle, insensible aux piqûres des aiguilles de pins sous ses pieds, aux branches qui lui cinglaient les bras et le visage.

L'une d'elles se prit dans ses cheveux. Elle s'immobilisa, haletante, et tendit l'oreille.

De l'eau ! La rivière coulait sur sa gauche. Elle connaissait bien ces bois. Si elle longeait la rivière, elle finirait par arriver chez elle. Réconfortée à cette idée, elle se libéra de la branche et se remit en route.

La lune, de nouveau visible au-dessus des ramures, lui indiqua qu'elle approchait. Elle jeta un coup d'œil derrière elle. Personne. Encore trois ou quatre kilomètres et elle serait chez elle... Elle y arriverait !

Un bruit furtif sur sa droite la fit tressaillir. Elle s'arrêta et scruta l'obscurité. Silence. Il s'agissait probablement d'un écureuil ou d'une souris. Elle repartit... et poussa un hurlement quand, au détour d'un arbre, une main lui agrippa le bras.

— Danielle, c'est moi ! Calme-toi.

Caroline !

Danielle éclata en sanglots, soulagée.

— Oh ! Caroline, aide-moi ! supplia-t-elle, en s'effondrant dans les bras de son amie. Il veut me tuer !

— Ça va aller, Danny, murmura Caroline d'une voix rassurante. Je suis là.

— Je n'en peux plus, balbutia Danielle. Je dois rentrer chez moi. Tante Margaret... Cliff... il va peut-être...

— Ne t'inquiète pas. On y va, fit Caroline. Mais reprends ton souffle avant.

Danielle appuya sa tête contre l'épaule de son amie. Peu à peu, sa respiration se calma, devint plus régulière.

— C'est bon, dit-elle enfin. On peut y aller.

— Reprends ton souffle, répéta Caroline, d'une voix bizarre, plus grave, plus gutturale.

— Ça va, je t'assure, affirma Danielle. Viens, il n'y a pas de temps à perdre.

Caroline ne répondit pas. Ses mains pesaient une tonne sur le dos de Danielle. Une sorte de grondement sourd vibra dans sa poitrine.

— Tu te sens bien ? s'inquiéta Danielle.

Une odeur âcre lui effleura les narines, semblable à celle d'un chien errant, sale et mouillé.

Elle frissonna.

— Caroline ?

Elle redressa la tête.

— Oh ! non !... C'est impossible !

Les yeux de Caroline étincelaient. Son visage était méconnaissable ! Recouvert de poils gris ! Le même pelage gris était apparu sur ses bras et ses jambes.

Un autre grognement sourd sortit de son poitrail.

Puis elle retroussa ses lèvres violettes, révélant deux rangées de crocs jaunes dégoulinants de bave.

Elle tourna sa face hideuse vers la lune, rejeta la tête en arrière et hurla à la mort.

26

Une crise de confiance

La longue plainte sauvage vibra dans le silence de la nuit avant de s'achever en un grondement bestial.

Les yeux de Caroline roulaient dans ses orbites, argentés dans la lumière lunaire. La salive coulait sur son menton couvert de fourrure.

Elle retroussa de nouveau ses lèvres.

— Caroline ! hurla Danielle. C'est moi, ton amie. Je t'en supplie !

Caroline leva ses mains poilues aux ongles longs et recourbés comme des griffes. Des griffes faites pour lacérer et déchirer !

Un autre grognement inhumain sortit de sa gorge. Ses pattes griffues s'abattirent sur les épaules de Danielle, qui poussa un cri de terreur.

— Caroline ! C'est moi, Danielle.

Mais ce n'était plus Caroline qui se tenait devant elle. Il ne restait d'elle que ses yeux, petites lumières bleues perdues dans la gueule grimaçante de la créature sauvage.

Un loup-garou !

Une sueur froide couvrit le corps de Danielle. Paniquée, elle se débattit pour se libérer, mais Caroline possédait une force surnaturelle...

Soudain, Danielle aperçut deux points lumineux dans le lointain. Des phares de voiture! Elle hurla à pleins poumons.

— Au secours! A l'aide!

La lueur s'intensifia. Un vrombissement emplit l'air.

Caroline tourna vivement la tête sur le côté en grognant. Dès qu'elle sentit la pression se relâcher sur ses épaules, Danielle se dégagea et se rua vers la voiture en hurlant. Aveuglée par les phares, le cœur cognant dans sa poitrine, elle continua sa course folle. Le véhicule ralentit, braqua vers le bas-côté et s'immobilisa. Ce n'était pas une voiture, mais un van. Le van du groupe!

La porte coulissa bruyamment. Mary Beth et Billy jaillirent du van.

— Remontez! haleta Danielle en se précipitant vers eux. Vite! Il ne faut pas rester ici!

Mais Billy et Mary Beth ne semblaient pas l'entendre. Ils sortirent de l'ombre sans prononcer une parole.

Dans la froide lueur de la lune, leurs regards brillaient d'un éclat cruel. Tandis qu'ils fixaient Danielle, leurs traits se déformèrent lentement. Leurs lèvres se retroussèrent, révélant des crocs luisants.

Les yeux écarquillés d'effroi, Danielle vit leur peau se couvrir d'un duvet, puis d'une épaisse fourrure sombre.

Des loups-garous! Billy, Mary Beth et Caroline étaient tous des loups-garous!

Un long cri de terreur monta dans sa poitrine. Elle fit volte-face.

A quatre pattes, la bave dégoulinant de ses babines retroussées, Caroline grognait face à elle.

Dans son dos, Danielle entendit Billy et Mary Beth hurler à la lune.

Son cœur battait douloureusement dans sa poitrine. Un long frisson la parcourut. C'était fini !

— Laissez-moi, hurla-t-elle en sanglotant. Je vous en prie...

Les trois loups avancèrent vers elle en grondant, leurs crocs scintillant sous la lune.

Leur odeur fauve emplissait l'air. Implacablement, ils se rapprochaient, l'obligeant à reculer encore et encore...

Elle sursauta quand un étau froid lui enserra les mollets. La rivière ! Elle était acculée ! Elle allait mourir noyée avant d'être mise en pièces. Comme Joey ! Comme Sue !

Elle glissa sur une pierre et s'effondra sur le sol. Les loups-garous s'immobilisèrent, attendant qu'elle se relève. Pourquoi ne l'attaquaient-ils pas ?

Du coin de l'œil, Danielle aperçut le van sur sa droite. Il était tout près. Avait-elle une chance de l'atteindre avant eux ?

Elle devait essayer. Elle n'avait pas d'autre issue.

Prenant une profonde inspiration, elle s'élança hors de l'eau. Ses pieds s'enfonçaient dans la boue de la rive. Elle tituba...

Derrière elle, les grognements avaient cessé. Elle risqua un coup d'œil par-dessus son épaule. Les loups n'avaient pas bougé. Elle cligna des yeux, mais l'épais nuage qui recouvrait maintenant la lune l'empêchait de les distinguer.

— Danny? appela soudain Caroline. Tout va bien maintenant. Attends-nous.

Sa voix était redevenue normale.

— Elle a raison, Danielle! Reviens! cria Mary Beth.

— Tu es en sécurité, maintenant, renchérit Billy. On ne te fera pas de mal.

Danielle hésita. Elle aurait tellement aimé pouvoir leur faire confiance! Mais c'était impossible, elle le savait. D'un instant à l'autre, le nuage qui recouvrait la lune disparaîtrait et l'éclat maléfique les transformerait de nouveau en loups avides de sang.

— Non! hurla-t-elle.

— Danielle!

Elle pivota en reconnaissant la voix sur sa droite. Une bouffée d'espoir l'envahit.

— Frank! cria-t-elle en se précipitant dans la direction de la voix. Oh! Frank, aide-moi!

— Dépêche-toi, Danielle, répondit-il en lui tendant la main. Ma voiture est par là. Vite!

— Le van est plus près!

— Je n'ai pas les clés. Viens, Danielle. Dépêche-toi!

La jeune fille voulut courir, mais ses jambes la trahirent. Elle dut s'appuyer à un arbre, le mollet durci par une crampe.

— Frank! Aide-moi!

— Danielle, ne va pas vers lui! entendit-elle Billy crier dans son dos. Tu n'as aucune chance! C'est l'un de nous!

Elle se figea sur place, désemparée, le souffle court.

— Bien joué, Billy, répondit Frank avec un ricanement sec, mais ça ne marchera pas. Ne l'écoute pas, Danielle. Il ment.

— Frank ne te sauvera pas ! cria de nouveau Billy d'un ton désespéré. Viens vers nous, Danielle !

Complètement perdue, Danielle se tourna vers Billy et les autres, puis de nouveau vers Frank.

— Billy est le chef de leur meute ! l'avertit celui-ci.

Il fit un pas vers elle. D'un coup d'œil, Danielle vit que Billy s'était également rapproché, Caroline et Mary Beth sur les talons.

Où aller ?

A qui faire confiance ?

A qui ?

27

Pas d'échappatoire

— Crois-moi, Danielle, murmura Frank.

— Le croire ! lança Billy avec un rire sarcastique. Nous sommes tes amis, Danielle. Rejoins-nous.

Incapable de prendre une décision, Danielle les regarda tour à tour. Les deux garçons s'affrontaient du regard, furieux.

Elle devait absolument choisir. Et ne pas se tromper ! C'était une question de vie ou de mort.

Elle jeta un coup d'œil à Caroline et à Mary Beth qui fixaient nerveusement le ciel.

« Elles attendent que le nuage passe pour redevenir des loups, songea-t-elle. Et me mettre en pièces ! »

Soudain, elle n'hésita plus.

— Frank ! cria-t-elle en s'élançant vers lui.

Il saisit sa main.

— Filons d'ici, vite ! Le nuage est en train de se dissiper.

Ils coururent vers les bois. Sa main dans celle de Frank, Danielle reprenait espoir. Ils allaient y arriver !

La rangée d'arbres face à eux s'éclaira. La jeune fille frissonna. La lune était redevenue visible.

— Ne te retourne pas ! cria Frank.

Un long hurlement s'éleva dans leur dos. Danielle trébucha, faillit entraîner son compagnon dans sa chute. Il la rattrapa par la taille et la remit sur ses pieds.

Un grognement sauvage résonna à leurs oreilles. Danielle se retourna juste à temps pour voir Billy bondir sur le dos de Frank. Il grognait, ses puissantes mâchoires claquant l'une contre l'autre. Les deux adversaires roulèrent au sol.

— Va-t'en, Danielle ! cria Frank d'une voix rauque. Fiche le camp avant qu'il soit trop tard !

D'autres grognements s'élevèrent sur la droite de la jeune fille. A quatre pattes, Mary Beth et Caroline se rapprochaient d'elle.

Danielle se retourna. Frank et Billy luttaient sans merci. De terrifiants grondements montaient de la masse sombre qui se tordait à ses pieds. Il fallait qu'elle trouve de l'aide. A tout prix...

Mary Beth et Caroline rampaient dans sa direction, semblables à deux louves affamées.

Elle s'accroupit, prit une poignée de boue dans chaque main.

Les deux louves grognèrent, babines et crocs luisants de salive.

D'un bond, Danielle se redressa, leur jeta la boue dans les yeux avant de se ruer vers le van.

Elle tira de toutes ses forces sur la poignée de la portière côté conducteur, qui s'ouvrit instantanément. Une lueur métallique attira son regard.

La clé était sur le contact !

Danielle sauta sur le siège, tira la portière et la verrouilla. L'instant d'après, Caroline et Mary Beth écrasaient leurs museaux grimaçants contre la vitre. Folles de rage, elles se mirent à donner de violents coups dans le van qui commença à tanguer.

D'une main tremblante, Danielle tourna la clé.

Le moteur vrombit, toussota... et s'arrêta.

28

Une surprise à la maison

La batterie !... Danielle éteignit les phares. Affolée, le cœur battant à cent à l'heure, elle tourna de nouveau la clé. Le moteur gronda... et s'arrêta. Elle appuya plusieurs fois sur l'accélérateur et recommença.

Cette fois, le rugissement persista. Danielle passa la marche arrière, accéléra à fond. Les roues s'enlisèrent dans la terre boueuse.

— Vas-y ! Vas-y ! cria-t-elle hystériquement.

Le van fit un bond en arrière.

— Oui !

Mary Beth s'accrochait à la poignée de la portière. Danielle appuya brusquement sur le frein, passa en première et colla l'accélérateur au plancher. Le van bondit en avant dans un crissement de pneus, déstabilisant Mary Beth qui tomba sur le dos, ses pattes pédalant dans le vide.

Dans le rétroviseur, Danielle vit les deux loups se lancer à sa poursuite. Les mains crispées sur le volant, elle accéléra, et laissa échapper un soupir de soulagement en constatant qu'elle les semait.

— J'ai réussi ! s'exclama-t-elle.

Sa joie s'envola aussitôt en songeant à Frank.

— Je t'en prie, Frank, tiens bon. Je vais trouver du secours, murmura-t-elle les dents serrées.

Tandis qu'elle traversait le vieux pont de bois qui menait chez elle, elle tenta de réfléchir plus calmement.

D'après Frank, Billy était le chef. Avait-il tué Joey et Sue ?

Elle repensa aux hurlements qui l'avaient terrifiée à l'hôtel. Ses soi-disant amis qui hurlaient à la mort !

Un frisson la parcourut au souvenir de ses propres ongles s'allongeant et se recourbant comme des griffes... de l'avidité avec laquelle elle avait bu le sang de Cliff... de son furieux désir de tuer Sue.

L'avaient-ils transformée, elle aussi, en loup-garou ?

Elle secoua vigoureusement la tête. Non, quelle idée ! Elle n'était pas un loup. Elle ne le serait jamais !

Enfin, elle pénétra dans Fear Street. Elle jeta un coup d'œil nerveux dans le rétroviseur. Elle n'était pas suivie.

— Accroche-toi, Frank, dit-elle à haute voix, en priant pour qu'il ne soit pas trop tard.

Elle pila devant sa maison et coupa le moteur. Il ronflait encore quand elle ouvrit la portière et sauta maladroitement sur le gravier de la cour. Elle atterrit à quatre pattes. Des gravillons lui entaillèrent la main. Ignorant la douleur, elle se releva et fonça vers l'entrée.

La porte était verrouillée.

— Tante Margaret ! appela-t-elle en tambourinant sur le battant de bois. C'est moi, Danielle. Ouvre !

Un animal hurla dans le lointain. Un chien ?... Un loup ?

— Tante Margaret ! Cliff !

Elle s'apprêtait à faire le tour par le jardin quand elle entendit des pas dans le couloir. Le porche s'illumina.

Une clé tourna dans la serrure. Danielle poussa la porte et tomba presque dans les bras de sa tante.

Tante Margaret était en chemise de nuit, hirsute, les yeux gonflés de sommeil.

— Danielle ? Que se passe-t-il ?

— Pas le temps de t'expliquer, répondit la jeune fille en se précipitant vers la cuisine. Il faut prévenir la police. Vite !

— La police ? Mais, pourquoi ? Il y a eu un problème au concert ? On dirait que tu t'es battue.

— Justement, oui ! confirma Danielle.

— Mais, tu es blessée ! s'exclama sa tante en lui attrapant la main. Regarde, ta main saigne. Viens dans la salle de bains, je vais te soigner ça.

Danielle retira vivement sa main.

— Non ! Je vais bien, cria-t-elle. C'est Frank qui a besoin d'aide. Ils vont le tuer !

— Tuer Frank ? Mais qui ? Je ne comprends rien. Si tu te calmais et m'exp...

— Billy, Mary Beth et Caroline, coupa Danielle. Ce sont des loups-garous !

Tante Margaret écarquilla les yeux.

— Ils ont voulu me tuer, moi aussi, reprit la jeune fille. Mais je me suis enfuie.

Sans prendre le temps d'allumer, elle entra dans la cuisine, se cogna à une chaise qu'elle jeta vivement sur le côté et décrocha le téléphone.

Le néon s'alluma.

— Danielle, commença tante Margaret d'une voix ferme.

Danielle l'ignora. Elle n'avait pas vraiment espéré que sa tante croirait à son histoire de loups-garous. Mais, peu importait ! Pour l'instant, elle n'avait qu'une idée en tête : joindre la police. Elle composa leur numéro.

Tante Margaret s'approcha et coupa la communication.

— Qu'est-ce que tu fais ? hurla Danielle. Je sais que ça a l'air complètement dingue, mais c'est vrai, je t'assure ! Ce sont des loups-garous ! Et ils veulent tuer Frank !

Elle tenta de repousser la main de sa tante.

— Pourquoi m'empêches-tu d'appeler ? demanda-t-elle, désespérée. Tu penses que je suis folle, c'est ça ?

Sa tante secoua la tête.

— Au contraire, ma chérie, dit-elle d'une voix glaciale. Je sais que tu es parfaitement lucide.

La jeune fille la contempla, médusée.

— Tu me crois ! Alors... pourquoi ?

— Je suis désolée, Danielle. Mais je ne peux pas te laisser prévenir la police.

Un curieux sourire apparut sur le visage de tante Margaret qui poursuivit d'un ton calme :

— Tu dois rejoindre les autres. Nous avons trop misé sur toi pour reculer maintenant. Nous ne te laisserons pas ruiner nos projets.

29

De grands projets pour Danielle

Danielle n'en croyait pas ses oreilles. Elle devait avoir mal entendu... Ou mal compris...

Que signifiaient les paroles de sa tante ?

Doucement, tante Margaret lui prit le récepteur des mains et raccrocha.

— Tu dois les rejoindre, Danielle, répéta-t-elle. Tu ne peux plus leur échapper... Ou ils te tueront.

La jeune fille secoua la tête. Elle se trompait, sa tante ne pouvait pas... Il s'agissait d'une nouvelle hallucination. Elle allait attendre, et tout redeviendrait normal.

Elle se raidit quand sa tante posa une main sur son épaule.

— Danielle, fit celle-ci d'une voix peinée, n'aie pas peur de moi. Viens plutôt t'asseoir. Je vais te préparer un thé.

Danielle se dégagea.

— Je ne peux pas abandonner Frank ! dit-elle. Il faut que je trouve de l'aide.

Sa tante soupira.

— C'est impossible, ma chérie. Écoute-moi, je t'en prie. Je n'ai pas le droit de te laisser tout gâcher.

Danielle regarda autour d'elle. L'horloge égrenait les secondes de son « tic-tac » familier, le réfrigérateur bourdonnait, les plantes frissonnaient dans le courant d'air de la fenêtre.

Il n'y avait pas de doute : tout était réel.

Elle se tourna de nouveau vers sa tante, la gorge sèche.

— Comment peux-tu les aider ? demanda-t-elle. Tu es ma tante !

Tante Margaret secoua la tête.

— Non, Danielle.

— Hein ? Qu'est-ce que tu veux dire ? Je te connais depuis que je suis toute petite. Évidemment que tu es ma tante !

— Tu n'as pas revu ta tante depuis l'âge de quatre-cinq ans, rappela tante Margaret.

— Mais... mais, bredouilla Danielle.

— J'ai pris sa place, expliqua la femme qui lui faisait face.

— Sa place ? répéta Danielle, interloquée. Et ma véritable tante ? Où est-elle ?

La femme glissa une main dans ses cheveux et soupira de nouveau.

— Tu n'as pas besoin de le savoir, répondit-elle. Moins tu connaîtras de détails, plus il te sera facile de...

— Je veux savoir ! coupa la jeune fille.

— Ta tante est morte, lâcha alors son interlocutrice. Comme tes parents. Ils sont tous les trois morts dans les mêmes circonstances.

— Qu'est-ce que tu racontes ? balbutia Danielle. Ma

tante n'était pas avec papa et maman quand ils ont eu leur accident.

— Non, bien sûr, acquiesça « tante Margaret ». Mais ils se sont débarrassés d'elle de la même façon qu'ils se sont débarrassés de tes parents.

— Dé... Débarrassés ?

Danielle écarquilla les yeux d'horreur. L'article du journal ! Il disait que ses parents avaient été attaqués par une bête sauvage. Rien d'étonnant dans ces conditions qu'elle ait été obsédée par leur mort. Inconsciemment, elle avait toujours su que toute cette histoire d'accident de voiture n'était qu'un mensonge.

Et c'étaient les mêmes monstres qui avaient tué ses parents et sa tante.

Des loups-garous !

— Cela faisait partie du plan, expliqua tante Margaret. Ils devaient éliminer tes proches afin que je m'occupe de toi et que je te prépare.

— Me préparer à quoi ?

— A tes épousailles !

Tante Margaret se rapprocha. Ses yeux bleu acier brillaient d'excitation.

— Tu t'es bien battue, admit-elle, mais tu ne pouvais pas gagner. Tu n'avais aucune chance. Et maintenant, tu es presque prête. Tu vas bientôt devenir son épouse.

— L'épouse de qui ? cria Danielle, effarée. De quoi parles-tu ?

— L'épouse d'un loup-garou. Notre maître, indiqua tante Margaret, un sourire de fierté sur les lèvres. Il lui fallait une compagne et il t'a choisie.

« Billy ! » songea Danielle avec un frisson d'horreur. « Ils veulent que j'épouse ce... cette *créature*. »

Elle fit un pas en arrière, mais, vive comme l'éclair, tante Margaret la retint par le bras. Malgré sa petite taille, elle possédait une poigne puissante.

— Lâche-moi ! hurla Danielle. Jamais je ne me soumettrai à votre plan immonde. Jamais !

— C'est trop tard, siffla tante Margaret, agacée. Beaucoup trop tard.

Danielle balaya la pièce du regard. Elle devait trouver un moyen de sortir de là.

— N'essaie pas de t'échapper, prévint la femme. Ce serait inutile. Je te l'ai déjà dit : je ne te laisserai pas tout gâcher.

La jeune fille secoua violemment son bras.

— Ça suffit ! s'exclama sèchement tante Margaret. Tu ne fais que te rendre les choses plus difficiles.

— Eh ! Qu'est-ce qui se passe ? interrompit soudain une petite voix endormie.

— Cliff ! s'écria Danielle.

Son frère se tenait dans l'embrasure de la porte dans son pyjama de guerrier samouraï.

— Vous en faites du bruit, dit-il en bâillant.

— Ce n'est rien, Cliff, répondit vivement tante Margaret. Retourne te coucher.

Le petit garçon regarda les deux femmes d'un air suspicieux.

— Vous êtes en train de vous battre ?

— Non ! aboya tante Margaret. Retourne te coucher.

Cliff fit la moue.

— D'accord. Mais je...

— Cliff, monte et appelle la police, cria Danielle. Le 911. Vite !

Son petit frère ouvrit de grands yeux étonnés.

— La police ? Il y a eu des voleurs ?

Tante Margaret eut un rire rauque.

— C'est une blague, Cliff. Tu sais que ta sœur aime bien te faire marcher.

— Non ! hurla Danielle. Ce n'est pas une blague. Je t'en supplie, appelle la police.

Le gamin les regarda l'une après l'autre, hésitant.

— Cliff, maintenant tu m'obéis et tu remontes te coucher ! ordonna tante Margaret d'un ton sans réplique.

En s'avançant vers lui, elle relâcha légèrement le bras de Danielle, qui en profita pour se libérer et la repousser violemment. Déséquilibrée, tante Margaret se cogna contre Cliff, l'entraînant au sol avec elle.

Sourde à leurs cris, Danielle fonça vers la porte qui donnait sur le jardin et l'ouvrit.

Billy l'attendait de l'autre côté.

Il la regarda avec colère.

— Tu as l'intention d'aller quelque part ? demanda-t-il.

30

Au secours !

— Tu as l'intention d'aller quelque part ? répéta Billy.

— Oui, répondit Danielle en hurlant. Le plus loin possible de toi !

Sans lui laisser le temps de réagir, elle le bouscula de toutes ses forces. Il perdit l'équilibre. Elle l'enjamba et traversait déjà le jardin à toute allure quand il se releva.

— Arrête-la! cria tante Margaret depuis la cuisine, couvrant les hurlements terrifiés de Cliff.

Danielle eut un instant d'hésitation. Tante Margaret allait-elle s'attaquer à Cliff? Non, les loups-garous se moquaient du petit garçon. Ce qu'ils voulaient, c'était une compagne pour leur chef.

Des pas précipités firent vibrer le sol derrière elle.

Billy!

Son énergie décuplée par la peur, Danielle couvrit en deux enjambées la distance qui la séparait du van. Elle grimpa à l'intérieur et fouilla fébrilement dans la poche de son short. La clé de contact lui échappa et alla rouler sur le plancher.

Billy se jeta sur la portière, qu'elle avait eu le temps de verrouiller, et la secoua en criant :

— Danielle. Écoute! Ce n'est pas la peine de t'obstiner. Tu n'as aucune chance!

Oh que si! Elle tâtonna dans la pénombre, sentit le métal froid sous ses doigts.

Billy cognait sur la vitre.

— Fiche le camp! hurla Danielle en mettant le contact.

Le moteur rugit. Elle passa la première et accéléra. Les roues crissèrent. Billy disparut de son champ de vision.

Elle était sauvée!... Pour l'instant...

Danielle ralentit et réfléchit. Où pouvait-elle se réfugier? Qui accepterait de l'aider?

Pas la police. S'ils ne croyaient pas à son histoire — ce qui était probable — ils la reconduiraient immédiatement chez tante Margaret.

Soudain, la solution s'imposa à son esprit.

Le Dr. Moore ! Ne lui avait-il pas dit qu'elle pouvait l'appeler à n'importe quelle heure du jour et de la nuit en cas de problème ? Eh bien, elle avait un problème. Sérieux même !

Elle obliqua vers Mill Road. Le quartier des affaires de Shadyside était désert à cette heure de la nuit, les magasins fermés, les bureaux vides et obscurs.

La lune éclairait les immeubles de son éclat dur et froid. Son éclat maléfique qui transformait Billy et les autres en loups-garous. Qui avait failli faire d'elle l'une des leurs.

Mais comment ?

Elle s'était promenée sous la pleine lune des centaines de fois auparavant sans jamais ressentir le moindre malaise. Tout avait changé lorsqu'elle avait rejoint le groupe...

La rue s'obscurcit brusquement. En regardant le ciel, Danielle vit les nuages s'amonceler au-dessus de la ville. Avec un peu de chance, ils cacheraient la lune jusqu'à ce que le Dr. Moore trouve une solution.

Elle s'arrêta devant la grosse bâtisse victorienne du psychiatre. Toutes les fenêtres étaient noires.

« Mon Dieu, faites qu'il soit là ! Je vous en prie ! » supplia-t-elle silencieusement.

Elle jeta un coup d'œil inquiet autour d'elle avant d'ouvrir la portière et de s'élancer vers le porche.

— Dr. Moore ! appela-t-elle en tambourinant des deux poings sur la porte. Au secours ! Ouvrez-moi.

Silence.

Danielle appuya sur la sonnette et y laissa son doigt. Elle pouvait entendre la sonnerie stridente résonner à l'intérieur.

Finalement, la lumière du porche s'alluma. Il y eut un bruit sec de verrou qu'on tourne, puis la porte s'ouvrit.

Le Dr. Moore cligna plusieurs fois des yeux, surpris. Il portait un pantalon de coton chiffonné et un grand T-shirt. Ses cheveux gris étaient collés sur son crâne.

— Dieu merci, vous êtes là ! s'écria Danielle en le repoussant à l'intérieur. J'avais tellement peur que vous soyez parti.

— Je me suis endormi sur le canapé en lisant, expliqua le psychiatre. Mais, que se passe-t-il, Danielle ? Que fais-tu ici à une heure pareille ?

La jeune fille claqua la porte derrière elle.

— Billy ne pensera pas à venir me chercher chez vous, murmura-t-elle.

Elle tourna le verrou et mit la chaîne de sécurité en ajoutant, effrayée :

— Enfin, je l'espère. Il possède des pouvoirs surnaturels, vous savez ! J'ai tout découvert ! ajouta-t-elle d'une traite.

Le Dr. Moore la dévisagea, de plus en plus confus.

— Qu'est-ce que tu racontes, Danielle ? Quelqu'un te poursuit ?

Soudain, son expression changea.

— Mais, tu es blessée ! reprit-il. Tu es couverte de griffures. Et ta main ! Suis-moi dans mon cabinet, je vais t'examiner.

— Non, ce n'est pas grave, fit Danielle tandis qu'il la poussait vers son bureau. Écoutez-moi, je vous en prie. Je suis en danger. Et vous aussi s'ils découvrent que je me suis réfugiée ici.

— Calme-toi, l'exhorta le psychiatre. Tu vas tout

m'expliquer. Mais avant, je vais m'assurer que toutes les portes et les fenêtres sont bien fermées.

Danielle le regarda sortir du cabinet, légèrement rassérénée. Au moins, il acceptait de l'écouter. Mais arriverait-il à la protéger d'une meute de loups-garous ?

Il la rejoignit quelques secondes plus tard.

— Tout est fermé annonça-t-il en tirant la porte derrière lui. J'ai également enclenché le système de sécurité. Personne ne peut entrer.

— Ils trouveront un moyen, répondit Danielle. Vous ne les connaissez pas. Et même s'ils ne trouvent pas, ils attendront que nous soyons obligés de sortir.

— Danielle, commença le docteur, une ride soucieuse sur le front. Essaie de te calmer et...

— C'est impossible ! coupa la jeune fille d'une voix désespérée. Vous ne comprenez pas, Dr. Moore !

— Non, répondit gentiment le psychiatre. J'ai besoin que tu m'expliques.

— Ce sont des loups-garous ! lâcha-t-elle. Je sais que ça a l'air complètement délirant, mais c'est la vérité. Billy, Caroline, Mary Beth, ce sont tous des loups-garous. Même ma tante Margaret, qui n'est pas ma tante, d'ailleurs. Elle...

Le Dr. Moore l'interrompit d'une main levée.

— Désolé, Danielle, mais je suis perdu. S'il te plaît, reprends ton souffle, et raconte-moi tout depuis le début.

Danielle cessa de faire les cent pas et acquiesça d'un hochement de tête. Les bras croisés sur sa poitrine, elle inspira profondément, et commença son effrayant récit.

Le docteur l'écouta sans l'interrompre, sans même

cligner des yeux. Quand elle eut terminé, il marcha jusqu'au petit réfrigérateur dans un coin de la pièce d'où il sortit une bouteille de jus d'orange.

— Ça te fera du bien, dit-il. Tu es en état de choc.

— Non ! protesta Danielle, furieuse. Il faut que vous me croyiez ! Je n'ai rien inventé. Je...

— T'ai-je dit le contraire ? interrompit le psychiatre. Ton excitation te fait dépenser beaucoup d'énergie. Ton corps a besoin de sucre. Si tu préfères, je peux t'injecter un calmant.

— Non, répéta Danielle en lui prenant le jus d'orange des mains. Je dois rester lucide.

Elle but une longue gorgée directement à la bouteille.

— C'est bien, approuva doucement le docteur. Je vais essayer de t'aider. Mais tu devrais t'asseoir. Il faut que tu reprennes des forces.

Danielle secoua la tête.

— Billy et les autres me cherchent. Il faut trouver un moyen de nous débarrasser d'eux.

— Un piège ?

— Oui.

Danielle but une autre gorgée avant de poursuivre :

— Mais ce ne peut être qu'à l'intérieur. Dehors, la pleine lune les transforme en loups-garous. Et là, nous n'avons aucune chance.

— Je vois, fit le Dr. Moore.

— Vraiment ? fit Danielle, les yeux brillants. Alors vous... vous me croyez ?

Le psychiatre hocha solennellement la tête.

— Je te crois.

— Oh ! Merci ! souffla la jeune fille, soulagée.

Soudain, elle reprenait confiance. Le docteur trouverait un moyen, elle en était sûre. Il la sortirait de ce cauchemar.

— Vous avez une idée pour le piège ? demanda-t-elle avant de reprendre une gorgée de jus d'orange.

Elle en renversa la moitié sur son T-shirt quand on frappa à la porte du bureau.

— Père ? Où est-elle ? Elle est avec toi ?

Danielle reconnut immédiatement la voix. Son cœur s'affola dans sa poitrine.

Frank !

— Frank était vivant !

— Oui, Frank, ta fiancée t'attend ici, répondit le Dr. Moore en se levant pour ouvrir la porte. Comment as-tu pu la laisser s'enfuir ?

31

Piégée

Frank pénétra dans le cabinet.

— Merci, père, dit-il d'un ton grave.

Son regard s'éclaira en découvrant Danielle.

— Tu es là ! s'exclama-t-il.

La jeune fille blêmit. Dans un éclair de compréhension, elle sut qu'elle avait fait le mauvais choix. Ce n'était pas Billy leur chef, mais Frank. C'est Frank qu'elle devait épouser...

— Comment as-tu pu laisser se produire une chose pareille, Frank, reprit le Dr. Moore en secouant la tête d'un air réprobateur. Tu as eu de la chance qu'elle se réfugie ici, autrement tout était gâché.

— Désolé, père. Tout s'est passé si vite que je n'ai rien pu faire, répondit Frank.

Enveloppant Danielle d'un regard tendre, il ajouta :

— Mais, elle est là, maintenant. C'est tout ce qui compte.

Il fit un pas vers elle. Danielle recula aussitôt.

— Non ! murmura-t-elle d'une voix rauque. N'approche pas !

— Écoute, Danielle... commença le garçon.

— Laisse-la, coupa le Dr. Moore. Elle a subi un choc important cette nuit. Il faut lui donner le temps de se remettre.

Frank hocha la tête.

— Tu as raison, reconnut-il en se laissant tomber dans le fauteuil face au bureau.

— Comment as-tu échappé à Billy et aux autres ? cria Danielle.

— L'enfance de l'art, répondit-il avec un haussement d'épaules. Après ton départ, je me suis exposé à la lune et je l'ai laissée me transformer. Billy et les autres ne sont pas de taille à m'affronter.

— Tu es l'un des leurs ! Pendant tout ce temps tu as été l'un des leurs ! fit Danielle dans un souffle. Et vous aussi vous êtes l'un des leurs, murmura-t-elle en se tournant vers le psychiatre.

Le docteur acquiesça d'un signe de tête.

— Mais, je ne suis pas juste l'un d'eux, Danielle, précisa Frank en s'enfonçant dans son fauteuil d'un air satisfait. Je suis le chef de la meute.

— Mais je croyais que Billy...

— Billy ! s'esclaffa Frank en balayant l'air de la main comme s'il chassait un moucheron. Non, Billy fait ce que je lui dis de faire. Je ne l'ai mis à la tête du groupe que pour éviter que tu devines la vérité sur moi, mais il est sous mon contrôle, comme les autres.

— Comme tu le seras bientôt, toi aussi, ajouta le Dr. Moore à l'adresse de la jeune fille.

Danielle secoua vigoureusement la tête.

— Non ! cria-t-elle. Vous êtes cinglés, mais je ne vous laisserai pas faire. Jamais je ne deviendrai un... un...

— Tu n'auras pas le choix, rétorqua tranquillement Frank.

— Mon fils a raison, renchérit le psychiatre. Mais cela ne doit pas t'inquiéter, Danielle. D'ailleurs, tu es déjà sous contrôle.

— Hein ? Que voulez-vous dire ?

— Ta thérapie, répondit Frank. Tes séances régulières avec mon père.

Danielle regarda le docteur sans comprendre.

— C'est très simple, lui confia celui-ci. En fait, je ne t'ai jamais traitée. Je me servais de l'hypnotisme pour implanter dans ton esprit les idées qui te rendraient sensible à l'influence de la lune.

— La lune est indispensable pour la transformation, expliqua Frank, mais elle n'est pas suffisante. Il faut encore que tu aies le désir de changer... Du moins, au départ. Mon père t'a donné ce désir.

— L'hypnotisme est une chose merveilleuse, Danielle, fit le psychiatre rêveur. D'où crois-tu que te venaient ces chansons qui s'imposaient à toi ?

— Tu vois, reprit Frank d'un ton condescendant, tu es déjà sous notre contrôle. Depuis presque trois ans...

— Tu mens ! cria Danielle. Il y a trois ans, je ne savais même pas que vous existiez !

— Mais moi je te connaissais, ricana Frank. Tu ne t'en souviens peut-être pas, mais il y a trois ans, tu as assisté à un concert dans le parc. Plusieurs groupes jouaient.

Danielle se rappelait effectivement ce concert. Pas à cause de la musique, non, mais parce qu'il avait été sa dernière sortie avant la mort de ses parents.

— Le mien en faisait partie, poursuivit le garçon. A l'époque, je n'avais pas les mêmes musiciens. A la fin du concert, je t'ai vue avec les autres filles qui attendaient des autographes. Et alors, j'ai su...

— Su quoi ?

— Que tu serais ma femme, répondit Frank, les yeux brillants.

« Des yeux de loup », songea Danielle.

Elle frissonna. Comment pouvait-elle avoir aimé ce regard, l'avoir trouvé beau ? Il était tellement froid. Tellement... mort.

— Après t'avoir choisie, j'ai échafaudé mon plan, continua Frank. J'ai commencé par t'isoler.

« Isoler ». Le mot transperça Danielle comme un coup de poignard. Elle savait de quoi parlait Frank.

— Mes parents, chuchota-t-elle, haineuse. Tu as tué mes parents.

Elle dut se retenir pour ne pas lui sauter à la gorge, le griffer, le mordre, le frapper... Le faire souffrir autant qu'elle avait souffert.

Frank acquiesça d'un hochement de tête.

— Et ta tante, ajouta-t-il. Mon plan nécessitait leur élimination.

— Ton plan ne marchera pas, cracha Danielle. Je te le jure. Tu auras beau tuer tout le monde autour de moi, je...

Elle s'arrêta brusquement, horrifiée. Comme s'il avait lu dans ses pensées, Frank déclara :

— Tu penses à Joey et à Sue ? Tu as raison, Danielle. C'est moi qui les ai tués.

— Pourquoi ? demanda-t-elle. Ils faisaient partie de ton groupe.

La colère incendia le regard bleu de Frank.

— Joey savait que tu m'appartenais, mais il a commencé à flirter avec toi. Je l'avais prévenu pourtant ! Mais il ne voulait rien entendre. J'ai dû m'en débarrasser.

— Et Sue ? Qu'est-ce qu'elle a fait ? Elle a oublié de s'agenouiller pour la révérence ? lança Danielle.

Frank bondit sur ses pieds, les poings serrés.

— Frank ! l'arrêta le Dr. Moore. Ne laisse pas la colère te dominer. Nous sommes trop près du but.

Le garçon desserra les poings.

— Tu as raison, père.

Il s'avança lentement vers Danielle. Elle tremblait des pieds à la tête quand il passa près d'elle, mais il se contenta de la frôler et marcha jusqu'au réfrigérateur d'où il sortit une bouteille d'eau.

Il but longuement avant de reprendre d'un ton posé :

— Sue a essayé de t'avertir. Elle m'a trahi. Elle te poussait à quitter la bande, à t'éloigner de moi.

Danielle se mordit la lèvre, en proie à un affreux sentiment de culpabilité. Sue avait voulu la sauver. Et dire que pendant tout ce temps, elle l'avait accusée de la détester !

Frank avait tué Sue par sa faute.

— Elle devenait trop dangereuse. Je ne pouvais pas la laisser faire, enchaîna celui-ci d'un ton qui se voulait convaincant. J'avais tout préparé depuis trop longtemps.

Danielle secoua tristement la tête.

— C'est comme pour Billy! soupira Frank.

— Billy? Mais je croyais que Billy exécutait tes ordres.

— Oui, bien sûr, il est mon esclave, comme Mary Beth et Caroline. Mais ce n'est pas facile de garder le contrôle d'une meute tout le temps. Surtout pendant la journée. Billy a commencé à prendre un peu d'indépendance. Ce soir, quand il t'a appelée, il voulait essayer de te sauver. Heureusement, tu es venue vers moi.

— Pauvre Billy, murmura le Dr. Moore.

— Je l'aime bien, moi aussi, avoua Frank. Mais il ne me laisse pas le choix. Il mérite d'être puni pour s'être opposé à moi.

— Tu es malade! cria Danielle. Pourquoi l'assassiner? Tu n'as qu'à le laisser partir!

Frank la fixa avec indignation.

— Personne ne me trahit, déclara-t-il d'un ton glacial. Personne.

La jeune fille frissonna.

— Alors, tu devras me tuer, moi aussi, prévint-elle.

— Jamais, murmura le garçon. Je n'en aurai pas besoin.

— La compagne d'un loup-garou est constamment en son pouvoir, remarqua le psychiatre. Une fois mariée à Frank, tu ne désireras plus rien d'autre que lui obéir.

— Tu oublieras tout hormis ton amour pour moi, renchérit Frank.

Danielle se détourna, incapable de supporter plus

longtemps son regard brûlant. Comment avait-elle pu accepter qu'il la touche, qu'il l'embrasse ?

Frank poussa un nouveau soupir.

— Je suppose que je dois prendre mon mal en patience, fit-il. Tu ne peux pas encore te réjouir de notre union. Mais tu le feras, Danielle. Tu le feras.

« Jamais », se dit Danielle. Elle ne se réjouirait jamais, car cette union n'aurait jamais lieu.

Elle allait trouver un moyen de leur échapper.

Elle parcourut discrètement la pièce du regard. Le docteur était debout près de la porte, Frank près du bureau.

Apparemment, elle était coincée.

Mais la baie vitrée derrière le bureau ouvrait sur une terrasse. La terrasse donnait sur un jardin, le jardin sur la rivière... Peut-être qu'en brisant la vitre.

Le fauteuil était beaucoup trop lourd pour qu'elle le soulève, mais il était muni de roulettes.

— C'est l'heure, annonça Frank. Sortons dans le jardin pour la cérémonie, père. Que la pleine lune fasse de Danielle ma femme.

Frank et son père se dirigèrent vers Danielle.

Elle poussa un hurlement, saisit l'agrafeuse sur le bureau et la lança au visage du garçon, qui n'eut que le temps de se baisser pour l'éviter.

Danielle en profita pour empoigner le fauteuil, mais avant qu'elle le jette sur la baie vitrée, Frank bondit sur elle et l'agrippa par les épaules.

— Tu ne peux pas gagner, rappela-t-il, son visage tout près du sien.

Danielle lui tira violemment les cheveux. Il poussa un cri de douleur. Elle lui donna un coup de genou dans le ventre et se croyait libre quand une poigne de fer se referma sur son bras.

— Pourquoi rendre les choses plus difficiles ? dit le Dr. Moore. Ouvre la fenêtre, Frank.

Incapable de faire un geste, Danielle regarda le garçon faire coulisser la baie vitrée.

— Viens, Danielle, fit-il en lui tendant la main. Il est temps que tu deviennes ma femme.

En proie à une terreur sans nom, Danielle comprit qu'elle n'avait plus d'issue. Frank et son père avaient gagné.

32

Unis sous la lune

Frank et son père tirèrent Danielle sur la terrasse. Elle se débattait comme une forcenée, mais les deux hommes étaient trop forts pour elle. Ils la forcèrent à descendre l'escalier de pierre conduisant au jardin.

— Regarde, Danielle, dit alors Frank en la forçant à relever la tête. Nos invités sont déjà là.

Caroline, Mary Beth, tante Margaret et Billy se tenaient effectivement debout, en demi-cercle, devant eux.

— Billy ! Caroline ! cria Danielle dès qu'elle les vit. Aidez-moi, je vous en supplie.

Caroline se mordit la lèvre nerveusement, puis baissa les yeux.

— Billy ! supplia encore Danielle.

Le garçon soutint son regard. Mais à son expression vaincue et résignée, elle sut qu'il ne tenterait rien.

— Il va te tuer ! cria-t-elle pour le réveiller. Frank va te tuer pour avoir osé lui résister ! Il faut que tu réagisses !

— Ce n'est pas vrai, répondit Billy d'une voix saccadée. Mon maître ne me fera jamais de mal.

— Tu vois, Danielle ? murmura Frank avec satisfaction à l'oreille de la jeune fille. Ils font partie de ma meute. Ils ont une confiance totale en moi.

Danielle dévisagea avec colère les invités du « mariage ». Caroline évitait toujours son regard, Mary Beth ressemblait à un robot, tante Margaret souriait gaiement au Dr. Moore.

— Vous devriez vous voir ! hurla la jeune fille. Vous êtes pathétiques ! Méprisables et ridicules ! Comment pouvez-vous laisser Frank contrôler vos vies ?

— Les insultes ne marcheront pas, la prévint tranquillement le Dr. Moore. Rien ne marchera, Danielle.

Elle le toisa avec mépris, convaincue pourtant, au fond d'elle-même, qu'il avait raison : rien ne marcherait.

Elle était prise au piège.

Le docteur frappa ses deux mains l'une contre l'autre et annonça d'un ton solennel :

— La cérémonie va commencer.

Frank prit la main de Danielle et le petit groupe se rapprocha en formant un cercle autour d'eux.

Danielle ne s'était jamais sentie aussi seule.

— Avant que mon père nous unisse, j'aimerais t'entendre chanter, Danielle, dit doucement son compagnon en l'enveloppant d'un regard ardent.

Elle le contempla, incrédule.

— Tu es complèt...

Elle s'arrêta brusquement, consciente qu'elle ne devait pas laisser passer cette chance. Il fallait gagner du temps.

— Quelle chanson désires-tu ? demanda-t-elle.

— *Éclat noir,* bien sûr, répondit Frank avec un petit rire. C'est un peu notre chanson.

Il lui pressa tendrement la main. Dégoûtée, elle dut se retenir pour ne pas la retirer.

— D'accord, fit-elle doucement.

Elle s'éclaircit la gorge, inspira profondément et commença à chanter un ton trop haut :

Éclat noir de lune qui ruisselle sur moi
Éclat noir de lune, j'écoute ta voix
Éclat noir...

Sa voix se mit à trembler. Elle n'y arriverait pas.

Elle se tourna vers Frank et son père qui la regardaient intensément : le garçon, un sourire béat sur le visage ; le docteur, les sourcils froncés.

— Ne t'arrête pas, lui ordonna ce dernier. Frank, elle essaie de gagner du temps.

— Mais non, elle est juste un peu nerveuse, répondit Frank. N'est-ce pas Danielle ?

La jeune fille hocha la tête. « Terrifiée » aurait été plus exact. Elle avait l'impression que son cœur allait exploser.

— Elle cherche un moyen de s'enfuir, insista le psychiatre.

Frank haussa les épaules.

— Même si c'est le cas, qu'est-ce que ça change ?

fit-il. Elle ne peut pas nous échapper. Plus maintenant. Détends-toi, père.

Le regard de Frank se fit dur et froid tandis qu'il soutenait celui de son père. Il le contrôlait également, c'était évident.

— Recommence, Danielle, dit-il en se retournant vers elle. Ne t'inquiète pas pour ta voix.

Elle s'éclaircit de nouveau la gorge, mais sa voix resta fluette et trop aiguë.

Elle se mit à tousser.

— Un peu d'eau me ferait du bien, murmura-t-elle à Frank.

Le Dr. Moore secoua impatiemment la tête.

— Elle n'a pas besoin de boire, Frank. Qu'elle finisse rapidement cette chanson et qu'on procède enfin à la cérémonie !

Frank leva les yeux vers le ciel. Danielle l'imita. Les nuages étaient toujours là, mais le vent les poussait rapidement. Dans quelques instants, la lune réapparaîtrait.

— Nous n'avons plus beaucoup de temps, remarqua Frank. Mais j'aurais vraiment aimé que tu m'offres cette chanson pour notre mariage. Essaie au moins de la fredonner.

La jeune fille le contempla, puis regarda les autres. Finalement, elle hocha la tête et se mit à fredonner tout en marchant lentement à l'intérieur du cercle des « invités ».

En plongeant ses yeux dans les leurs, elle comprit qu'ils étaient comme hypnotisés. Elle seule résistait encore à la volonté de Frank... Mais pour combien de temps... ?

Sans cesser de fredonner, elle s'approcha de Billy et

le fixa. « Aide-moi, Billy, supplia-t-elle silencieusement. Sauve-moi de ce cauchemar avant qu'il ne soit trop tard ! »

Les lèvres de Billy s'entrouvrirent.

— J'ai essayé de te sauver, Danielle, murmura-t-il. Mais, tu t'es enfuie.

Danielle sentit renaître une pointe d'espoir dans son cœur. Billy lui avait parlé. Le vrai Billy ! Celui qui s'inquiétait pour elle.

— J'ai essayé, répéta-t-il. Mais il est trop tard maintenant. Tu devras te sauver toi-même.

— Moi-même ? murmura rapidement Danielle. Mais comment ?

— Contemple la lune, dit Billy dans un souffle. Laisse-la te transformer. Ne résiste pas.

— Mais... je ne peux pas !

— Si, insista Billy. Laisse-la te transformer. Alors, tu sauras quoi faire.

Danielle se détourna de lui, des milliers de questions tournoyaient dans sa tête. Était-ce réellement Billy, le vrai Billy, qui venait de lui parler ? Ou l'esclave de Frank ?

Et si son conseil n'était qu'un piège... ? Dans ce cas, elle était perdue.

Elle acheva la chanson.

— Parfait ! s'exclama Frank, aux anges. Père, tu peux nous marier maintenant.

Il prit la main de Danielle. Malgré sa répulsion, elle la lui laissa. Il était indispensable qu'elle endorme sa méfiance.

Le Dr. Moore se plaça face à eux.

Danielle regarda de nouveau le ciel. Les nuages se déchiraient, laissant filtrer des rayons de lune.

« Contemple la lune », avait dit Billy.

— Mes amis, commença solennellement le Dr. Moore. Vous allez être les témoins de cette merveilleuse union que nous attendons depuis si longtemps. Joignez vos mains.

Obéissants, Billy, Mary Beth et les autres se donnèrent la main. Le cercle se rétrécit.

Danielle se tourna vers Frank. Elle vit ses cheveux bruns scintiller comme du jais sous l'éclat de la lune. Éclat noir de lune...

Pouvait-elle faire confiance à Billy ?

Lentement, elle leva la tête. Les nuages s'étaient écartés. La lune, parfaitement pleine, brillait au-dessus d'elle.

Elle frissonna sous la lumière glacée, mais continua à la fixer sans un battement de cils.

33

Éclat noir de lune

Les secondes s'égrenèrent. Danielle entendait la voix du Dr. Moore, sentait la pression de la main de Frank sur la sienne.

Puis son corps commença à changer. Des picotements coururent sur sa peau, sa gorge se noua. Elle voulut tousser mais n'émit qu'un grognement rauque...

Des poils épais et soyeux recouvrirent ses mains, ses membres... En refermant sa main libre, elle sentit ses ongles longs et recourbés lui entrer dans la paume. Puis elle eut l'impression que son visage se tordait, qu'une force à l'intérieur d'elle-même projetait son nez et sa bouche vers l'avant, que ses dents s'allongeaient.

« Laisse-la te transformer. Alors, tu sauras quoi faire. »

Billy n'avait pas menti !

Danielle se rapprocha de Frank. Un grondement sourd monta de son ventre, s'amplifia dans son poitrail et sortit de sa gorge en un rugissement sauvage.

Sans hésiter, elle planta ses crocs dans la gorge de son « futur époux ».

Son hurlement de douleur résonna dans ses oreilles hypersensibles, mêlé aux cris horrifiés de l'assistance.

Le cercle autour d'elle se brisa. Tante Margaret tremblait d'effroi, le docteur Moore était livide.

Danielle ne lâcha pas prise. Elle planta un peu plus profondément ses dents de loup dans la chair de Frank.

Une plainte aiguë, interminable, sortit de la bouche ouverte du garçon. Il remua frénétiquement la tête d'avant en arrière.

Danielle faillit perdre l'équilibre, mais elle se cramponna à lui, ses griffes enfoncées dans ses épaules.

La plainte était à peine audible maintenant. Le sang s'écoulait de sa gorge en un flot épais et noir. Il tomba à genoux.

Danielle ne lâcha pas prise. Elle grognait, grondait, et ne desserra les mâchoires que lorsqu'elle vit les yeux de Frank rouler dans leurs orbites. Son corps sans vie s'effondra mollement sur l'herbe.

Ignorant les cris affolés autour d'elle, Danielle leva

de nouveau les yeux vers la lune et son éclat maléfique. Son éclat noir.

Un nuage passa devant elle. La lumière pâlit, s'évanouit.

Le corps de Danielle fut de nouveau parcouru de picotements tandis qu'elle reprenait forme humaine. Elle ferma les yeux et attendit.

Quand elle leva les paupières, le Dr. Moore était à genoux, le corps secoué de violents tremblements. Soudain, ses bras et ses jambes s'écartèrent, puis se détachèrent. Puis ce fut le tour de ses oreilles, de son nez... Danielle poussa un cri quand elle vit sa tête s'envoler, comme tranchée par une lame invisible, et rouler tel un ballon sur le sol.

Elle se détourna avec une grimace de dégoût et s'aperçut alors que tante Margaret et Frank étaient victimes du même phénomène. Leurs corps se morcelaient, s'éparpillaient dans le jardin.

— Oh! non! Non! cria-t-elle, le cœur au bord des lèvres.

Elle sursauta quand une main se posa sur son épaule. C'était Billy qui, suivi de Caroline et de Mary Beth, s'était rapproché d'elle.

— Tu as réussi, Danielle! murmura-t-il, le regard brillant d'admiration. Tu nous as libérés.

— On est libres! s'exclama Caroline en la prenant dans ses bras. Oh! merci, Danielle! Merci!

— Frank se servait de la lune pour nous maintenir en son pouvoir, expliqua Mary Beth, la voix remplie de gratitude. Nous n'étions pas assez forts pour briser le charme. Nous étions envoûtés et tu nous as délivrés. Merci.

Ils étreignirent Danielle tour à tour, les joues baignées de larmes de joie.

La jeune fille pleurait, elle aussi, quand elle les laissa pour courir vers la maison, impatiente d'appeler son petit frère.

Cliff décrocha à la troisième sonnerie, visiblement surpris de l'entendre. Il la croyait rentrée depuis longtemps et ne comprenait pas pourquoi elle le réveillait aussi tard.

Submergée par une bouffée de tendresse, Danielle lui assura que tout allait très bien et qu'elle serait de retour dans dix minutes.

Elle allait devoir lui annoncer qu'ils étaient totalement orphelins maintenant. Peut-être même devrait-elle se battre pour qu'on ne les sépare pas. Mais ça ne l'inquiétait pas. Après avoir vaincu des loups-garous, elle se sentait de taille à affronter n'importe qui !

Quand elle ressortit sur la terrasse, Caroline et Mary Beth étaient assises sur les marches, le visage levé vers la lune.

Billy glissa un bras autour de ses épaules.

— Grâce à toi, nous n'avons plus à craindre son éclat, dit-il.

Danielle se laissa aller contre lui. Elle sentit la lumière couler sur elle, douce et pure.

— Ne me parle plus de la lune, soupira-t-elle en le regardant. Tu sais de quoi j'ai envie ?

— Non, répondit Billy.

Danielle lui sourit.

— D'un soleil brûlant, jaune et éclatant.

Déjà parus dans la collection Peur Bleue

CHRISTOPHER PIKE

Un squelette sous la mer - 4520/3
Diaboliquement vôtre - 4521/3
Week-end fatal - 4525/3
Dernier acte - 4620/3
La chaîne de la mort - 1 - 4644/2
La chaîne de la mort - 2 - 4723/2
Scénario macabre - 4532/3

R.L. STINE

Pari mortel - 4518/2
La chambre condamnée - 4519/2
La tombe sauvage - 45230/2
Coupés du monde - 4534/2
Halloween Party - 45623/2
Dans la peau d'une autre - 4671/2
Malédictions - 1 - La trahison - 4768/2
Malédictions - 2 - Le secret - 4833/2
Malédictions - 3 - Le brasier - 4896/2
Le bal de la mort - 4900/2
Lettres anonymes - 4939/2
Dans le silence de la nuit - 1 - 5004/2
Dans le silence de la nuit - 2 - 5046/2

WOLFF RYP

Les secrets de la nuit - 1 - Le spectre - 4801/2
Les secrets de la nuit - 2 - Possédée - 4802/2
Les secrets de la nuit - 3 - La furie - 4970/2

5271

Composition Euronumérique
Achevé d'imprimer en Europe (Allemagne)
par Elsnerdruck à Berlin
le 28 juin 1999
Loi n° 49-956 du 16 juillet 1949
sur les publications destinées à la jeunesse
Dépôt légal : juin 1999. ISBN 2-290-05271-X
Éditions J'ai lu
84, rue de Grenelle, 75007 Paris
Diffusion France et étranger : Flammarion